腑之言，讷讷言之，使听者动容落泪。

图书在版编目（CIP）数据

读书漫录/孙犁著. —北京：人民文学出版社，2024
（孙犁散文新编）
ISBN 978-7-02-017815-5

Ⅰ.①读… Ⅱ.①孙… Ⅲ.①散文集—中国—当代 Ⅳ.①I267

中国国家版本馆CIP数据核字（2023）第033951号

责任编辑	杜　丽　陈　悦
装帧设计	刘　静
责任印制	苏文强

出版发行	人民文学出版社
社　　址	北京市朝内大街166号
邮政编码	100705

印　　刷	北京新华印刷有限公司
经　　销	全国新华书店等

字　　数	193千字
开　　本	787毫米×1092毫米　1/32
印　　张	12.625　插页2
印　　数	1—3000
版　　次	2024年1月北京第1版
印　　次	2024年1月第1次印刷

书　　号	978-7-02-017815-5
定　　价	69.00元

如有印装质量问题，请与本社图书销售中心调换。电话：010-65233595

读小说札记____161

谈铁凝的《哦，香雪》____169

我喜爱的一篇散文____172

《方纪散文集》序____175

《刘绍棠小说选》序____180

《从维熙小说选》序____184

《贾平凹散文集》序____189

《李杜论略》读后____193

——给罗宗强的信

第三辑

《庄子》____199

《韩非子》____203

读《吕氏春秋》____206

我的史部书____210

慷慨悲歌____216

读《燕丹子》____220

——兼论小说与传记文学之异同

读《史记》记（上）____225

读《史记》记（中）____235

读《史记》记（下）____246

读《史记》记（跋）____255

读《前汉书卷五十七·司马相如传》____258

读《前汉书卷六十四·朱买臣传》____262

读《后汉书》小引____265

读《后汉书卷五十四·马援传》____269

（一篇好传记）

读《后汉书卷五十八·桓谭传》____274

（一个音乐家的悲剧）

读《后汉书卷五十八·冯衍传》____279

（一个文过其实的人）

读《后汉书卷六十六·贾逵传》____283

（关于经术）

读《后汉书卷七十·班固传》____288

（一个为政治服务的文人）

《三国志·关羽传》____293

《三国志·诸葛亮传》____301

曹丕《典论·论文》____305

陆机《文赋》____308

《颜氏家训》____311

读唐人传奇记____316

谈柳宗元____326

欧阳修的散文____332

读《东坡先生年谱》____339

《金瓶梅》杂说____345

关于《聊斋志异》____357

《红楼梦》杂说____367

读《求阙斋弟子记》____372

与友人论学习古文____387

孙犁《读书漫录》编后____395

孙 犁（1913—2002）

原名孙树勋，曾用笔名芸夫，河北省安平县孙遥城村人。早年毕业于保定育德中学，曾在北平短期谋生，后任安新县同口镇小学教师。抗日战争爆发后加入中国共产党领导的革命队伍，任职于华北联大、《晋察冀日报》，从事文学创作和抗日宣传工作。1944年到延安，在鲁迅艺术文学院担任教员。1945年在《解放日报》发表短篇小说《荷花淀》《芦花荡》等，受到文坛瞩目，并被誉为"荷花淀派"的创始人。新中国成立后在《天津日报》社工作直至离休。其早期作品清新、明丽，代表作有《白洋淀纪事》《铁木前传》《风云初记》；晚年作品则平淡、深沉、隽永，结集为"耕堂劫后十种"。2004年，人民文学出版社出版11卷本《孙犁全集》。

目　录

第一辑

文学和生活的路____003
　　——同《文艺报》记者谈话

全面的进修____031
　　——纪念鲁迅先生逝世十七周年

关于中篇小说____038
　　——读《阿Q正传》

《子夜》中所表现中国现阶段的经济的性质____047

装书小记____051
　　——关于《子夜》的回忆

《刘半农研究》____056

读《高长虹传略》____060

读萧红作品记____064

果戈理____072

  —— 纪念他逝世一百周年

托尔斯泰____079

  —— 赴苏联参观学习纪要（二）

契诃夫____083

  —— 纪念他逝世五十周年

壮健性____092

  —— 纪念高尔基

谈《海鸥》____097

第二辑

《亲家》____111

《作画》____114

读作品记（一）____120

读作品记（二）____127

读作品记（三）____135

读作品记（四）____143

读作品记（五）____148

读作品记（六）____156

第一辑

文学和生活的路

—— 同《文艺报》记者谈话

《文艺报》编辑部希望我谈谈如何艺术地反映生活,谈谈有关艺术规律方面的一些问题。我没有资格谈这个问题。我在创作上成就很小,写的东西很少。这些年,在理论问题上,思考得也很少。但是,《文艺报》编辑部的热情难却。另外,我想到,不管怎么样,我从十几岁就学习文学,还可以说一直没有间断,现在已经快七十岁了,总还有些经验。这些经验也有成功的,也有失败的,失败的比较多,对青年同志们可能有些用处。所以我还是不自量力地来谈谈这个问题。

我感觉《文艺报》这个题目"如何艺术地反映生

活"，是指文学作品的艺术性。一部作品，艺术的成就，不是一个技巧问题。假如是一个技巧问题，开传习所，就可以解决了。根据历史上的情况，艺术这个东西，父不能传其子，夫不能传其妻，甚至师不能传其徒。当然，也不是很绝对的，也有父子相承的，也有兄弟都是作家的。这里面不一定是个传授问题，可能有个共同环境的问题。文学和表演艺术不同，表演艺术究竟有个程式，程式是可以模拟的。文学这个东西不能模拟，模拟程式那就是抄袭，不能成为创作。我的想法，艺术性问题，至少包括三个方面：第一是生活的阅历和积累，生活的经历是最主要的；第二是思想修养；第三是文艺修养。我下面就这三个问题漫谈，没有什么系统，谈到哪儿算哪儿。

生活的阅历和积累，不是专凭主观愿望可以有的。人的遭遇不是他自身可以决定的。拿我个人来说，我就没有想到我一生的经历，会是这个样子。在青年的时候，我的想法和现在不一样。所以过去有人说：青年的时候是信书的，到老年信命。我有时就信命运。命运可以说是客观的规律，不是什么唯心的东西。我们生活在这个世界上，是受这个客观世界，受时代推动的。学生时代我想考邮政局，结果愿望没达到，我就去教书。后来赶上抗日战争，我才从事文学工作，一直到现在。就是说生活经历不是凭个人愿望，我要什么经历就有什么经历，不是那样的。从事文学，也不完全是写你自己的生活。生活不足，可以去调查研究，可以去体验。

说到思想修养，这对创作、对艺术性来说，就很重要。什么叫艺术性？既然不是技巧问题，那就有个思想问题。你作品中的思想，究竟达到什么高度，究竟达到什么境界，是不是高的境界，这都可以去比较，什么东西一比较就可以看出来。文学艺术，需要比较崇高的思想，比较崇高的境界，没有这个，谈艺术很困难。很多伟大的作家、作品，它的思想境界都是很高的。它的思想，就包含在它所表现的那个生活境界里面。思想不是架空的，不是说你想亮一个什么思想，你想在作品里表现一个什么思想，它是通过艺术、通过生活表现出来的，那才是真正的作品的思想高度和思想境界。

第三是文艺修养。我感觉到现在有一些青年人，在艺术修养这方面，功夫还是比较差，有的可以说差得很多。我曾经这样想过，五四以来，中国的大作家，他们读书的情况，是我们不能比的。我们这一代，比起鲁迅、郭沫若、茅盾、巴金、郁达夫，比起他们读书，非常惭愧。他们在幼年就读过好多书，而且精通外国文，不止一种。后来又一直读书，古今中外，无所不通，渊博得很。他们这种读书的习惯，可以说启自童年，迄于白发。我们可以看看《鲁迅日记》。我逐字逐句地看过两遍。我觉得是很有兴趣的一部书。我曾经按着日记后面的书账，自己也买了些书。他读书非常多。《鲁迅日记》所记的这些书，是鲁迅在北京做官时买的。他幼年读书的情况，见于周作人的日记，那也是非常渊博的。又如郁达夫，在日本时读了一千多种小说，这是我们不可想象的。现在我们读书都非常少，读书很少，要求自己作品艺术性高，相当困难。借鉴的东西非常少，眼界非常不开阔，没有见过很好的东西，不能取法乎上。只是读一些报纸、刊物上的作品，本来那个就不高，就等而下之。最近各个地方办了读书班，我觉得是非常好、非常及时的一种措施。把一些能写东西的青年集中起来让他们读书。我们现在经验还不足，还要慢慢积累一些经验。前几天石家庄办了个读书班,里面有个学生,来信问我读书的方法。我告诉她,你是不是利用这个时间,多读一些外国作品,外国作品里面的古典作品。你发现你对哪一个作家有兴趣,哪个作家合你的脾胃,和你气质相当,可以大量地、全部地读他的作品。大作家,多大的作家也是一样,他不能网罗所有的读者,不能使所有的读者,都拜倒在他的名下。有的人就是不喜欢他。比如短篇小说:莫泊桑、都德,我也知道他们的短篇小说好,我也读过一些,特别是莫泊桑,他那短篇小说,是最规范的短篇小说,无懈可击的。但是我不那么爱好莫泊桑的短篇小说,我喜欢普希金、契诃夫、梅里美、高尔基的短篇小说。我感觉到普希金的短篇小说和契诃夫的短篇小说,合乎我的气质,合乎我的脾胃。在这些小说里面,可以看到更多的热烈的感情、境界。屠格涅夫的长篇小说,我都读过,我非常喜爱。他的长篇小说,是真正的长篇小说,规范的,无懈可击。它的写法,它的开头和结尾,故事的进行,我非常爱好。但我不大喜欢他的短篇小说《猎人笔记》,虽然那么有名。这不是说,你不喜欢它就不好。每个读者,他的气质,他的爱好,不是每个人都一样。你喜欢的,你就多读一些；不喜欢的，就少读一点。中国的当然也应该读。中国短篇小说很多，但是我想，中国旧的短篇小说，好好读一本《唐宋传奇》，好好读一本《今古奇观》，读一本《宋人平话》，一本《聊斋志异》，就可以了。平话有好几部：有《五代史平话》《三藏取经诗话》《宋人平话》《三国志平话》。我觉得《宋人平话》最好。我劝青年同志多读一点外国作品，我们不能闭关自守。五四新文学所以能发展得那么快，声势那么大，就是因为那时候，介绍进来的外国作品多。不然就不会有五四运动，不会有新的文学。我们现在也是这样。我主张多读一些外国古典东西。我觉得书（中国书也是这样），越古的越有价值，这倒不是信而好古，泥古不化。一部作品，经过几百年几千年考验，能够流传到现在，当然是好作品。现在的作品，还没有经过时间的考验和淘汰，好坏很难以说。所以我主张多读外国的古典作品，当然近代好的也要读。

我们在青年的时候，学习文艺，主张文艺是"为人生"的，鲁迅当时也是这样主张的。在青年，甚至在幼年的时候，我就感到文艺这个东西，应该是为人生的，应该使生活美好、进步、幸福的。为了达到这个目的，你的作品要为人生服务，必须作艺术方面的努力。那时有一个对立的口号：为艺术而艺术。大家当时反对为艺术而艺术。但是，为人生的艺术，不能完全排斥为艺术而艺术。你不为艺术而艺术，也就没有艺术，达不到为人生的目的。你想要为人生，你那个作品，就必须有艺术，你同时也得为艺术而努力。

现在，大家都在谈文艺和政治的关系。我在读高中的时候，读了《〈政治经济学批判〉序言》，也读过《唯物论与经验批判论》和《费尔巴哈论纲》。华汉著的《社会科学概论》，是作为一门正式课程，在课堂上讲的。我们的老师好列表。为了帮助学生们理解，关于辩证法，他是这样画的：正—反—合。合，就是否定的否定。经济基础，一条直线上去，是政治、法律，又一条直线上去，是文学艺术，也叫意识形态。直到现在还是这个印象。文艺和政治不是拉在一条平行线上的。鲁迅一九二六——一九二七年在广州看到了当时的政治和文艺情况，他写了好几篇谈文艺与政治的文章，我觉得应该好好读。他在文章里谈到，"政治先行，文艺后变"。意思是说，政治可以决定文艺，不是说文艺可以决定政治。我有个通俗的想法。什么是文艺和政治的关系？我这么想，既然是政治，国家的大法和功令，它必然作用于人民的现实生活，非常广泛、深远。文艺不是要反映现实生活吗？自然也就要反映政治在现实生活里面的作用、所收到的效果。这样，文艺就反映了政治。政治已经在生活中起了作用，使生活发生了变化，你去反映现实生活，自然就反映出政治。政治已经到生活里面去了，你才能有艺术的表现。不是说那个政治还在文件上，甚至还在会议上，你那里已经出来作品了，你已经反映政治了。你反映的那是什么政治？我同韩映山他们讲，我写作品离"政治"远一点，也是这个意思，不是说脱离政治。政治作为一个概念的时候，你不能做艺术上的表现，等它渗入到群众的生活，再根据这个生活写出作品。当然作家的思想立场，也反映在作品里，这个就是它的政治倾向。一部作品有了艺术性，才有思想性，思想溶化在艺术的感染力量之中。那种所谓紧跟政治，赶浪头的写法，是写不出好作品的。

　　写"大跃进"的时候，你写那么大的红薯，稻谷那么大的产量，钢铁那么大的数目，登在报上。很快就饿死了人，你就不写了，你的作品就是谎言。文艺和政治的关系,表现在哪里?

中国古代好多学者,他们的坚毅的精神,求实的精神,对人民、对时代、对后代负责的精神,很值得我们学习。这里我想谈一些学术家们的情况。司马迁、班固、王充,他们的工作条件都是很困难的,当时的处境也不是很好的,但都写出了这样富有科学性的、对人民负责的作品。还有一个叫刘知几,他有一部《史通》。我很爱读这部书,文字非常锋利。他不怕权威。多么大的权威,他都可以批判,司马迁、班固,他都可以指责。他不是无理取闹。他对史学很有修养,他不能成为国家正式的修史人员,他把自己的学术,作为一家之言来写。文字非常漂亮,说理透彻。司马光的《资治通鉴》,是非常令人佩服的,当时没有读者,给谁看,谁都不爱看。他把这么长的历史事实,用干支联系起来。多么大的科学!李时珍的《本草纲目》,就不用说这部著作大的方面的学术价值,我举两个小例子,就可以说明这个人非常实事求是,非常尊重科学。对于人参的功能,历代说法不一,李时珍把两种说法并列在这一条目之下,使人对人参,有全面的知识。又如灵芝,这是一种了不起的药,一种非常名贵的药。但李时珍贬低这种药,说它一钱不值,长在粪土之上,怎么能医治疾病?我不懂医学,他经过多年观察,多年实践,觉得灵芝不像人们所吹嘘的那样,我就非常佩服他。王夫之写了那么多著作,如《读通鉴论》,从秦一直写到宋,每个皇帝都写了好多,那么多道理,那么多事实,事实和道理结合起来,写得那么透彻,发人深省。他的工作条件更坏,住在深山里,怕有人捉他。他写了《船山遗书》。我们的文学想搞一点名堂出来,在古人面前,我们是非常惭愧的。我们没有这种坚毅不拔的精神,我们缺乏这种科学的态度,我们缺乏对人民对后代负责的精神。中国的文学艺术和中国的历史著作是分不开的。历史著作,给中国文学开辟了道路。《左传》《史记》《汉书》,它们不完全是历史,还为文学开辟了道路。司马迁的《史记》在人物的刻画上,有性格,有语言,有情节。他写了刘邦、项羽,那样大的人物,里面没有一句空洞的话,没有把他们作为神来描写,完全当作一个平凡的人,从他们起事到当皇帝,实事求是。这对中国的文学创作有很大的影响,究竟一个人物怎么写,司马迁的方法,是科学的方法。我主张青年同志,多读一些历史书,不要光读文学书。

我最近给《散文》月刊写《耕堂读书记》，下面一个题目本来想写《汉书·苏武传》。《苏武传》写得非常好，他写苏武，写李陵，都非常入情入理。李陵对苏武的谈话，苏武的回答，经过很高的艺术提炼。李陵对苏武说的，都是最能打动苏武的话，但是苏武不为他的话所诱惑，这已经是写得非常好了。现在我们讲解这篇作品，讲完了以后，总得说班固写这个《苏武传》，或者苏武对李陵的态度，是受时代的局限，要我们批判地去看。我觉得这都是多余的话。每一个人都受时代的局限，我们现在也有时代的局限性，这样讲就是一种时代的局限性。假如班固不按他那个"局限性"，而按我们的"局限性"去写《苏武传》，我敢说，《苏武传》就一点价值也没有了，也不会流传到现在。我们不要这样去要求古人，我们的读者，难道不知那是汉朝的故事？

我们应该总结我们在文学创作上的反面经验。这比正面的经验，恐怕起的作用还要大些。多年以来，在创作上，有很多反面的经验教训。我们总结反面经验教训，是为了什么？就是教我们青年人，更忠实于现实，求得我们的艺术有生命力，不要投机取巧，不要赶浪头，要下一番苦功夫。蒲松龄说，"书痴"的文章必"工"，"艺痴"的工艺必"良"。这是经验之谈。蒲松龄为写《聊斋》，做了很多的准备工作。《蒲松龄文集》可以说是写《聊斋》的准备，下了多大的苦功！我们要养成认真思考，认真读书，认真修改稿件的习惯。我觉得我别的长处没有，在修改稿件上，可以说是下苦功的。一篇短稿改来改去，我是能够背过的。哪个地方改了个标点，改了个字，我是能记得的。长篇小说每一章，当时我是能背下来的。在发表以前，我是看若干遍的；在发表之后，我还要看，这也许有点孤芳自赏的味道。搞文字工作，不这样不行。我曾经把这个意思，给一些青年同志讲过，有的青年有兴趣，有的没有兴趣。

我们的生活，所谓人生，很复杂，充满了矛盾和斗争。现在我们经常说真美善和假的、邪恶的东西的斗争。我们搞创作，应该从生活里面看到这种斗争，体会到这种斗争。我现在已经快七十岁，我经历了我们国家民族的重大变革，经历了战争、乱离、灾难、忧患。善良的东西、美好的东西，能达到一种极致。

在一定的时代,在一定的环境,可以达到顶点。我经历了美好的极致,那就是抗日战争。我看到农民,他们的爱国热情,参战的英勇,深深地感动了我。我的文学创作,就是从这个时候开始的。我的作品,表现了这种善良的东西和美好的东西。我也遇到邪恶的极致,这就是最近的动乱的十年。我觉得这是我的不幸。在那个动乱的时期,我一出门,就看见街上敲锣打鼓,前面走着一些妇女,嘴里叼着破鞋;还有戴白帽子的,穿白袍的,带锁链的。我看了心里非常难过,觉得那种做法是一种变态心理。

看到真美善的极致,我写了一些作品。看到邪恶的极致,我不愿意写。这些东西,我体验很深,可以说是镂心刻骨的。可是我不愿意去写这些东西,我也不愿意回忆它。

我们幼年学习文学,爱好真的东西,追求美的东西,追求善的东西。那时上海有家书店叫真美善书店,是曾孟朴、曾虚白父子俩开的,出了不少的好书。幼年时,我们认为文学是追求真美善的,宣扬真美善的。我们参加革命,不是也为的这些东西吗?我们愿意看到令人充满希望的东西,春天的花朵,春天的鸟叫;

不愿意去接近悲惨的东西。刚解放时有个电影,里面有句歌:"但愿人间有欢笑,不愿人间有哭声。"我很欣赏那两句歌。但这是不可能的。我们的生活里面,总是有喜剧,也有悲剧吧。我们看过了人间的"天女散花",也看过了"目莲救母"。但是我始终坚信,我们所追求的文学,它是给我们人民以前途、以希望的,它是要使我们的民族繁荣兴旺的,充满光明的。我们民族是很伟大的。这一点,在这几十年的斗争生活中看到了。

凡是伟大的作家,都是伟大的人道主义者,毫无例外的。他们是富于人情的,富于理想的。他们的作品,反映了他们对于现实生活的这种态度。把人道主义从文学中拉出去,那文学就没有什么东西了。我们的作家,要忠诚于我们的时代,忠诚于我们的人民,这样求得作品的艺术性,反过来作用于时代。

作家不能同时是很有成就的政治家。我看有很多作家,在历史上,有时候也想去当政治家,结果当不成,还是回来搞文学。因为作家只能是纸上谈兵,他对于现实的看法可以影响人,但是不能够去解决人民生活的实际问题,一个时代的政治,可以决定一个时代作家的命运。

我认为，要想使我们的作品有艺术性，就是说真正想成为一个艺术家，必须保持一种单纯的心，所谓"赤子之心"。有这种心就是诗人，把这种心丢了，就是妄人，说谎话的人。保持这种心地，可以听到天籁地籁的声音。《红楼梦》上说人的心像明镜一样。文章是寂寞之道，你既然搞这个，你就得甘于寂寞，你要感觉名利老是在那里诱惑你，就写不出艺术品。所以说，文坛最好不要变成官场。现在我们有的编辑部，甚至于协会，都有官场的现象，这是很不好的。

一定的政治措施可以促进文艺的繁荣，也可以限制文艺的发展，总起来说政治是决定性的。文学的职责是反映现实，主要是反映现实中真的美的善的，古今中外的文学作品，都是这样。它也暴露黑暗面。写阴暗面，是为了更突出光明面。我们有很多年，实际上是不准写阴暗面，没有暗的一面，光明面也就没有力量，给人感觉是虚伪的。文学作品，凡是忠实于现实的，忠实于人民的，它就有生命力。公式化、概念化和艺术性是对立的。但是，对公式化、概念化我们也要做具体分析。不是说一切公式化、概念化的东西，都不起作用。公式化、概念化，古已有之，不是说从左联以后，从革命文学才有。蒋光慈、殷夫的作品，不能不说有些是公式化、概念化的。但是他们的作品，当时起到一定的政治宣传作用，推动了革命。"大跃进"时有很多公式化、概念化的作品。假如作者是发自真情，发自真正的革命热情，是可以起到一些作用的；假如是投机，在那里说谎话，那就任何作用也不起，就像"四人帮"后来搞的公式化、概念化。

这些年来，我读外国作品很少，我是想读一些中国的旧书。去年我从《儿童文学》上又看了一遍《丑小鸭》，我有好几天被它感动，这才是艺术品，很高的艺术品。在童话里面，充满了人生哲理，安徒生把他的思想感情，灌输进作品，充满七情六欲。安徒生很多作品用旁敲侧击的写法，有很多弦外之音，这是很高的艺术。有弦外之音的作品不是很多的。前几天我读了《诗刊》上重新发表的《茨冈》，我见到好几个青年同志，叫他们好好读读，这也就是小说，或者说是剧本，不只是诗。你读一遍这个作品，你才知道什么是现实主义，什么是浪漫主义。这才是真正的样本。

在理论方面，我们应该学点美学。多年我们不注意这个问题了，这方面的基础很差。不能只学一家的美学，古典美学，托尔斯泰的、普列汉诺夫的、卢那察尔斯基的，甚至日本那个厨川白村，还有弗洛伊德的都可以学习。弗洛伊德完全没有道理？不见得。都要参考，还有中国的钟嵘、刘勰。

现在还有很多青年羡慕文学这一行，我想经过前些年的动乱，可能有些青年不愿干这行了，现在看起来还有很多青年羡慕这一行。但对于这一行，认识不是那么清楚。不知道这一行的苦处，也看不见先人的努力。一个青年建筑工人，他给我写信，说他不能把一生的精力、青春，浪费在一砖一瓦的体力劳动上，想写剧本、写小说。这样想法不好。你不能一砖一瓦地在那里劳动，你能够一句一字地从事文学工作吗？你很好地当瓦工，积累了很多瓦工的生活、体验，你就可以从事业余的文学创作。各行各业的青年人，在本职的工作以外，业余学一点文学创作，反映他们的生活，我们的文学题材，不是就很广泛了吗？不是很大的收获吗？我希望青年同志们，不急忙搞这个东西，先去积累本身职业的生活。文学题材是互相沟通的。前些年，文学题材很狭窄。很多人，他不光想知道本阶层的生活,也想知道别阶层的生活,历史上古代人的生活,他见不到听不到的生活。这在文学上有很多例子。专于一种职业,然后从事文学,使我们文学题材的天地,广大起来。

我在上小学的时候,就很喜欢文学。我最早接触的,是民间的形式:河北梆子、各种地方戏、大鼓书。然后我才读了一些文学作品,先读的是《封神演义》,后来在村里又借了一部《红楼梦》。从小学(那时候分初级小学、高级小学),我一直爱好文学作品。在高级小学,我读了一些新的作品:文学研究会的作品,商务印书馆出的一些杂志。我上的是个私立中学,缴很多学费,它对学生采取填鸭式,叫你读书。我十九岁的时候,升入本校的高中,那时叫普通科第一部,近似文科。除去主要的课程,还有一些参考课程,包括一大本日本人著的,汤尔和翻译的《生物学精义》,有杨东莼著的《中国文化史大纲》,有严复翻译的《名学纲要》,还有日本人著的《中国伦理学史》,冯友兰的《中国哲学史》。还叫我们学《科学概论》和《社会科学概论》。还有一些古书。在英文方面,叫我们读一本

《林肯传》，美国原版的，读《泰西五十轶事》《伊索寓言》《英文短篇小说选》和《莎氏乐府本事》。在这两年的时间里，有这么些书叫你读。在中学里，我们就应该打下各方面的知识基础。当然这些知识还不是很深的，但是从事文学创作，需要这些东西。你不知道一些中国哲学，很难写好小说。中国的小说里面，有很多是哲学。你不知道中国的伦理学，你也很难写好小说，因为小说里面，要表现伦理。读书，我有这种感觉，一代不如一代。我们比起上一代，已经读书很少，现在的青年人，经过十年动乱，他们读的书就更少。在中学，我读了一些外国文学作品，那时主要读一些十月革命以后苏联的文学作品。除去《铁流》《毁灭》以外，我也读一些小作家的作品，如赛甫琳娜的，聂维洛夫的，拉甫列涅夫的，我都很喜欢。也读法国纪德的《田园交响乐》。这些作家，他们的名字至今我还记得很清楚，这说明青年时期读书很有好处。

抗日战争，我才正式地从事创作，我所达到的尺度很低。我写的那些东西，也不是一帆风顺的。有一些年轻的同志，对我很热情，他们还写了一些关于我的作品的分析，很多都是溢美之词。我没有那么高。

自己对自己的作品，体会是比较深的。在过去若干年里，强调政治，我的作品就不行了，也可能就有人批评了；有时强调第二标准，情况就好一点。我的作品也受到过批判，在地方报纸上，整版地批判过，在全国性的报纸上，也整版地批判过。最近山东师范学院编一本关于我的研究专集，他们搜集了全部评论文章。他们问我，有些文章行吗？编进去吗？我说，当然要编进去，怎么能不编进去呢。作为附录好吗？我说不行，应该一样待遇。对于作品，各人都可以有各人的看法，一个时期也可以有一个时期的看法。我不把自己的作品看得那么高，我觉得我的作品是微不足道的。我们可以说个笑话，我估计我的作品的寿命，可能是五十年。当然不包括动乱的十年，它们处于冬眠状态。在文学史上，很少很少的作品才能够永远被别人记忆，大部分的作品，会被后人忘记。五十年并不算短寿，可以说是中寿。我写东西是谨小慎微的，我的胆子不是那么大。我写文章是兢兢业业的，怕犯错误。在四十年代初期，我见到、听到有些人，因为写文章或者说话受到批判，搞得很惨。其中有的是我的熟人。从那个时期起，我就警惕自己，不要在写文章上犯错误。我在文字上是很敏感的，推敲自己的作品，不要它犯错误。最近在《新港》上重发的我的一篇《琴和箫》，现在看起来，它的感情是很热烈的，有一种生气，感染着我。可是当时我把它放弃了，没有编到集子里去。只是因为有人说这篇文章有些伤感。还有一篇关于婚姻问题的报告，最近别人给我复制出来。当时发表那个报告以后，有个读者写了一篇批评，我也跟着写了一篇检讨。现在看起来，并没有多大的问题。

我存在着很多缺点，除去一般文人的缺点，我还有个人的缺点。有时候"名利"二字，在我的头脑里，也不是那么干净的。"利"好像差一点；"名"就不一定能抹掉。好为人师，也是一患。

我觉得写文章，应该谨慎。前些日子我给从维熙写了一篇序言，其中有那么一段："在那个时期，我也要被迫去和那些流氓、青皮、无赖、不逞之徒、两面人、卖友求荣者、汉奸、国民党分子打交道，并且成为这等人的革命对象了。"写完之后，我觉得这段不妥当，就把它剪了下来。我们的道路总算走得很长了吧，是坎坷不平的，也是饱经风雨的，终于走到现在。古人说七十可以从心所欲。现在我们国家的政治很清明，文路广开。但是写文章就是到了七十，也不能随心所欲地写，仍然是兢兢业业的事业。前不久，有人还在威胁，要来二次、三次"文化革命"。我没有担心，我觉得那样的革命，发动不起来了。林彪、"四人帮"在这一场所谓革命中，基于他们的个人私心，几几乎把我们的国家、我们的民族毁掉，全国人民都看得很清楚。

我有幸见到我们国家现在这样好的形势，这样好的前途。有些人见不到了，比如远千里、侯金镜。"文化大革命"刚刚结束，有人传说我看破了红尘，并且传到北京去。有一次文艺界的领导同志到天津来，问我："你看破红尘了吗？"我说："没有。"我红尘观念很重，尘心很重。我从来也没有想到西天去，我觉得那里也不见得是乐土。你看小说，唐僧奔那儿去的时候，多么苦恼，他手下那两个干部，人事关系多么紧张。北京团城，有座玉佛，很美丽，我曾为她写过三首诗。但我并不羡慕她那种处境，虽然那地方，还算幽静。我没有看破红尘，我还要写东西。

历史证明：文坛上的尺寸之地，文学史上两三行记载，都不是容易争来的。

凡是写文章的人，都希望自己的作品能够传世。能否传世，现在姑且不谈。如果我们能够，在七十年代，把自己六十年代写的东西，再看一看，或是隔上几年，就把自己过去写的东西，拿出来再看。看看是否有愧于天理良心，是否有愧于时间岁月，是否有愧于亲友乡里，能不能向山河发誓，山河能不能报以肯定赞许的回应。

自己的作品，究竟如何，这是不好和别人争论的。有些读者，也不一定是认真读书，或是对你所写当时当地的环境，有所了解。过去，对《秋千》意见最大，说是我划错了那个女孩子的家庭成分，同情地主。这种批评，在强调阶级斗争的时候，是很厉害的，很有些"诛心"的味道。出版社两次建议我抽掉，我没有答应。我认为既是有人正在批评，你抽掉了它，不是就没有放矢之"的"了吗？前二年，出版社又再版这本书，不再提这篇文章，却建议把《钟》《一别十年同口镇》《懒马的故事》三篇抽去。理由是《钟》的男主人公有些自私，《一别十年同口镇》没有写出土改的轰轰烈烈、贫农翻身的场面，《懒马的故事》写了一个落后人物，和全书的风格不协调。我想，经过"文化革命"，这本书有幸得以再版，编辑部的意思，恐怕是要它面貌一新吧。我同意了，只是在《后记》中写道，是遵照编辑部的建议。

现在所以没有人再提《秋千》，是因为我并没有给她划错成分，同情那个女孩子，也没有站错立场。至于《钟》的男主人公，我并不觉得他有什么自私，在那种情况下，我们能要求他怎样做呢？《一别十年同口镇》写的是一九四七年春季的情况。老区的土改经过三个阶段，即土改、平分、复查。我写的是第一次土改，那时的政策是很缓和的。在我写的时候，我已经知道要进行平分，所以我也发了一些议论。这些情况，哪里是现在的同志们所能知道的呢。它当年所以受到《冀中导报》的批判，也是因为它产生在两次政策变动之间的缘故。

至于《懒马的故事》之落后，我想现在人们也会不以为意了。

《钟》仍然保存在《村歌》一书中，其余两篇如有机会，我也想仍把它们收入集内。

过去强调写运动，既然是运动，就难免有主观、有夸张、有虚假。作者如果没有客观冷静的头脑，不作实际观察的努力，是很难写得真实，因此也就更谈不上什么艺术。

文章写法，其道则一。心地光明，便有灵感，入情入理，就成艺术。

要想使文学艺术提高，应该经常有一些关于艺术问题的自由讨论。百花齐放这个口号，从来没有人反对过，问题是实际的做法，与此背道而驰，是为丛驱雀的办法。过去的文学评论，都是以若干条政治概念为准则，以此去套文艺作品，欲加之罪，先颁恶名——毒草，哪里还顾得上艺术。而且有不少作品，正是因为艺术，甚至只是一些描写，招来了政治打击。作家在这种情况下，是不能争鸣的，那将越来越糟。有些是读者不了解当时当地的现实而引起，作者也不便辩解，总之，作者是常常处于下风的。

解放初，我曾和几个师范学校的学生，通信讨论了一次《荷花淀》。《文艺报》为了活泼一下学术风气，刊登了。据负责人后来告诉我：此信发出后，收到无数詈骂信件，说什么的都有。好在还没惹出什么大祸，我后来就不敢再这样心浮气盛了。

有竞争，有讨论，才能促使艺术提高。

清末缪荃荪辑了一部丛书，叫《藕香零拾》，都是零星小书。其中有一部《敬斋泛说》，是五代人作的。有一段话，我觉得很好，曾请曾秀苍同志书为小幅张贴座右。其文曰：

> 吾闻文章有不当为者五：苟作一也，徇物二也，欺心三也，蛊俗四也，不可以示子孙五也。今之作者，异乎吾所闻矣，不以所不当者为患，惟无是五者之为患。

所以我不主张空谈艺术，技法更是次要的，应该告诉青年们为文之道。

一九七六年秋季，我还经历了大地震。恐怖啊！我曾想写一篇题名《地震》的小说，没有构思好。那天晚上，老家来了人，睡得晚了一些，三点多钟，我正在抓起表看时间，就震了起来。我从里间跑到外间，钻在写字台下。等不震了，听见外面在下雨，我摸黑穿上雨衣、雨鞋，戴好草帽，才开门出去。门口和台阶上都堆满了从房顶震塌下来的砖瓦，我要往外跑，一定砸死了。全院的人，都在外面。我是最后出来的一个人。

我这个人遇见小事慌乱，遇见大灾大难，就麻木不仁，我在院里小山上搭了一个塑料薄膜小窝棚，连日大雨，不久，就又偷偷到屋里来睡了。我想，震死在屋里，也还算是"寿终正寝"吧。

所谓文学上的人道主义，当然不是庸俗的普度众生，也不是惩恶劝善。它指的是作家深刻、广泛地观察了现实，思考了人类生活的现存状态，比如社会关系、社会意识，希望有所扬弃。作家在作品中，通过对社会生活的刻画，对典型人物的创造，表达他这种理想。他想提高或纯净的，包括人类道德、理想、情操，各种认识和各种观念。但因为这种人道主义，创自作家，也常常存在缺点、弱点，会终于行不通，成为乌托邦。人道主义的作品，也不是千篇一律的。陀思妥耶夫斯基是伟大的现实主义作家，他的人道主义表现为一种不健康的形式。我只读过他一本《穷人》，别的作品，我读不下去。作家因为遭遇不幸，他的神经发生了病态。

只有真正的现实主义作家，才能成为真正的人道主义者。而一旦成为伟大的人道主义者，他的作品就成为伟大的观念形态，这种观念形态，对于人类固有的天良之心，是无往而不通的。这里我想举出两篇短作品，就是上面提到的安徒生的《丑小鸭》和普希金的《茨冈》。这两篇作品都暴露了人类现存观念的弱点，并有所批判，暗示出一种有宏大节奏的向上力量。能理解这一点，就是知道了文学三昧。

一九八〇年三月二十七日

全面的进修

—— 纪念鲁迅先生逝世十七周年

研究鲁迅的作品,包括两个主要的方面:在现实主义上的成就,和它对革命的重大意义。当然,这两方面是应该统一起来研究的,因为它是互为因果的。鲁迅的创作的道路,他对生活的严肃的态度,在思想方面的批判提高,和对于革命事业的热情的不断高涨,都发源自他那赤诚的拯救祖国和解放人民的心愿。这个高尚的目的,和坚韧的努力,形成了鲁迅和他的作品的伟大的品格。

关于鲁迅的读书,鲁迅的日记里,每年终记下了他所收购的书目,叫作书账。这可以说是关于他的学习和注意的方面的一种记载。但是，这书账，只是他在那一年读过的书目的一部分，而且是前后综错，不能截然划分的。比如关于研究中国小说，那就是从幼年就开始，讲授时更集中努力，以后又持续了很多年，但书账中关于中国小说的收存，记载是很少的。鲁迅在幼年和青年时代，读过一些什么书籍，鲁迅自己在《朝花夕拾》里有记载；他的老友许寿裳的两本书：《亡友鲁迅印象记》和《我所认识的鲁迅》；他的家人周遐寿的《鲁迅的故家》，记载得也很多。当然因为是多年以后的追忆，前者的记载，有些零碎，后者有些烦琐。两本书着重在日本留学和北京绍兴会馆的鲁迅生活，但记载都很真实。在私塾读书的时候，鲁迅就尽可能地寻找一些有生活趣味的书读，对于那些日常的课业，他虽然背诵得很好，但是并不注意。鲁迅的记忆力很强，读书的趣味也很广泛。因此，无论生理学和自然科学的研究，抄录古碑和收藏石像，介绍西洋美术作品和研究中国小说，对于他以后的创作，都有直接间接的帮助。到南京进入水师学堂以后，他才读到了严复翻译的书籍和梁启超的报纸，他读得非常热心，有很多篇能背得一字不差。严译群书和梁在报纸上的评论文字，在晚清都是进步的新的食粮。那时很多人在寻求拯救中国的道路。鲁迅也是抱着这个目的渡海赴日求学的。

在日本，他学习了德文和日文，除去学医，读了很多科学书籍，读了很多外国的文学作品。他很喜欢东欧和北欧的作品，这些产生自当时的弱小民族的作品，都是争取民族解放和人民幸福的，他自己也翻译了几篇，收集在《域外小说集》里，并著文介绍了一些著名作家如普希金和裴多菲的精神和思想，登在《浙江潮》和《河南》等杂志上。在这个时期，他也读了林纾翻译的一些小说，但是并不满意。因为其中缺乏有力量的作品。

这样，我们可以知道，鲁迅在读书方面，一开始就采取了一种有重大目的的进取的战斗的态度，在他的心里，时时刻刻沸腾着一种急切拯救祖国的热望。一开始注意文学，他就摈弃了那些无足轻重的"为艺术而艺术"的作家和作品，确定了自己的为人生的艺术的观念。以后，主编刊物，采择文章，和他自己的创作，都以这个为标准。严格说，中国新的文学创作是从鲁迅开始的，他是中国新文学园地的拓荒者、播种者、介绍先进经验的人。他的翻译，是为了扶植这块园地里的秧树新苗。他所翻译的卢、蒲两氏的《艺术论》，以及收在《壁下译丛》和别的文集里的短小明显的论文，也都是针对当时的创作情况，提供的借鉴和食粮。他吸收的广泛，哺育的众多。他最知道中国的创作处在幼稚时期，但因为紧连中国的历史变革，它的前途非常远大。关于青年的作品，虽有缺点，只要有一些成就，他就热心介绍，比如叶紫的《丰收》，他写了序，并提出具体可行的意见，叫他修改。对于李守章的小说集《跋涉的人们》，也作了鼓励。

当时有些论客，对于旧的陈腐的委曲求全，对于新生的幼稚的求全责备。他们并不了解中国创作的情况，更不为这情况着想。他们读了一本外国名著，甚至是听说过一本了不起的著作，便以为抓到了高不可攀的尺度，拿来衡量一切。他们对于幼稚的然而是企图反映中国现实的作品，不是培植爱护，而是拔出来，采取一种"吹"的姿势。吹毛求疵对病症还有些清除的好处，但如果只是站在干岸上，或是停在脚手架下边，非议纤夫和泥瓦匠的泥腿泥脚，从不想到建筑的困难和船载的重量，那就成了契诃夫对一些不懂事的批评者的描写。

读别人的记载或是读《鲁迅日记》和他的书简，我们可以看出鲁迅在待人接物上，也是从革命和进取心出发的。在日本他向章太炎学习，章太炎死后，独有鲁迅突出地写了他的革命的品质。对秋瑾烈士很推崇尊敬，秋瑾牺牲，鲁迅追怀，把她写进了小说。对那些饱食终日的留学生很厌恶。他自己学习很刻苦，读书一直到深夜。对待当时发生的一些事件，都采取了正确的革命的态度。

从鲁迅日记里，我们可以很系统很清楚地看到在各个时期，他所接近的人物。这些人来人往，他虽然记得很简单，也少正面的品评，但这无疑是研究鲁迅思想进程的很重要的资料，而且反映着中国这一时代历史的进程。在五四前后，他常接近的是《新青年》阵营里的人，对于李大钊同志，鲁迅特别推重他心怀的磊落，李氏文集出版时，鲁迅写了序言。他也接近了当时一些进步的青年，这些青年有的勇于任事，有的后来为革命牺牲。鲁迅都有文章，真实地记下了自己的反应。关于纪念刘和珍和柔石、白莽等，大家都知道那是千古不能磨灭的充满鲁迅的血泪的文字。

在上海,在革命的环境很困难很残酷的时候,鲁迅和许多党员同志建立了崇高的友谊。有的同志牺牲,鲁迅的沉痛和反抗,是可以从他为纪念这些同志的用力用心看出来的。在东北沦亡以后,除去自己写了很多沉痛有力的文字,他特别注意帮助那些流亡的作家,介绍他们的作品。在"一·二八"时,他为葛琴的小说作了序言。这说明鲁迅对人对事的态度,都是和他对革命的热情相关联的。至于他对辛亥革命的见解和在作品中的反映,对于"三一八"的抗议,对于苏维埃区域的同情支援,对于国民党反动统治的攻击,都见于他的文集,这一切更是集中地表现着一个作家的性格。

当然,从日记里可以看到鲁迅所接触的人,是在变化着,这是因为鲁迅不断突飞猛进的缘故。大水之行,排山倒海,它汇集前进的力量,沉没落后的力量。但鲁迅对人和对于作品一样,首先看到那主要的倾向。从不用一个规模看待建筑,一种调门听取音乐,一样颜色批评图画。

能理解鲁迅这些思想方面和行动方面的进修和表现,我们才能充分理解他的作品中现实主义的力量。

即便是他的《两地书》和书简，也是深刻的人生教科书和当时社会的真实的反映。在他的短篇小说里，关于故乡部分，经研究很多是取材于真人真事的，甚至一些景物，也都是绍兴的实景。所以能有这样大量的永久的艺术力量，是因为他的现实主义的修养。对生活的观察取舍，夸张和抒情，能否有力量，都取决于作家的思想高度。在艺术作品里，作家的生活，他的思想和行为都是统一地表现着。想在艺术上有些成就，必须全面的进修。

一九五三年十月十九日

关于中篇小说
——读《阿Q正传》

从我国丰富的文学遗产中，我没有能够读到好的中篇小说，其中虽有篇幅类似中篇的作品，但就其结构间架来看，却像长篇小说的雏形。中国的白话小说，来源于说讲。当场讲完，则为短篇；连续说讲的，则讲者和听者，都要求越长越好，这样就挤掉了中篇这个形式。

鲁迅先生的《阿Q正传》，是中国中篇小说的开山鼻祖。这篇作品，不只奠定了中国新文学的现实主义基础，成为永不磨灭的艺术珍品，也是我们研究中篇小说创作的最好范本。

中篇小说不能是短篇小说的拉长，当然也不能是长篇小说的纲要。它区别于短篇小说之处为：

一、中篇小说应该极力创造典型人物。短篇小说的人物，当然也要求典型化，但因为篇幅短小，有时以所刻画的现实，所发挥的思想，所含蕴的感情，把作品充实起来，提高起来。中篇小说，对于主题思想发挥，有更广阔的天地；在艺术结构上，有更大的回旋余地；更有可能从容不迫地进行抒写。

二、中篇小说要向读者展示一个较完整的历史面貌，短篇小说，有时却不可能。有较完整的历史背景，才能映托出较完整的典型性格。

《阿Q正传》的历史背景，是中国的辛亥革命，选择的地点是小城镇和乡村。这个历史背景当然不限于辛亥革命这一年，甚至也不限于辛亥革命的前前后后，而是一个较长的或者说是很长的历史时期。

鲁迅所创造的阿Q这个人物典型，当然不是一个先进的典型，但他是一个成功的典型，有重大社会意义和历史意义。这一典型的出现，立即成为世界文学作品中有数的重要典型之一。

其原因在于，不只是历史背景上清晰地出现了这一个生命,是这一个生命的出现,使得读者看清了中国社会的这一个历史时期。

三、中篇小说有可能塑造较多的人物,作品中的主要人物的活动,必须要和社会上的多种人物发生关联。《阿Q正传》里写了很多所谓次要的人物。每一个人,按其特殊的社会地位,作者深刻着力地描写了他们对事件的态度,他们的言行和心理状态,没有一个人,作者对他是掉以轻心,随笔出之的。因此,也没有一个人是概念化的。这些人物,不只和主要人物息息相关,也和作品的主题思想血肉相连,这样才能突出典型。没有孤立的典型人物,他必须置身于典型环境之中,置身于一定的社会关系之中。典型并不是惯于说空话,挥拳头的,就是阿Q这样的人,也有他的悲欢离合,成功和失败。

小说中的主要人物和次要人物,是就其在作品中的地位而言。在作者生活经历中,他所遇见的,他所观察的许许多多的人物,在他头脑中,分别善恶,分别美丑,判断真假,进行取舍,在作品中给以适当地位,分配适当任务,歌颂或是揭露之。

四、中篇小说,有较多的情节变化。在这篇小说里，鲁迅全神贯注地描写阿Q这个人物。可以说，阿Q以血肉的整体进入了作者的头脑之中。众所周知，阿Q并没有做出什么惊天动地的事业，也没有什么可歌可泣的行为，作者接二连三地写了他的并不光彩的生活状态。有些事件，阿Q做出来，好像并没有什么意义，但一经别人的反应，这一描述的深刻意义，就立刻显示出来。例如向吴妈求爱就是。她为什么这样张扬？

阿Q并没有雄心大志，更没有什么野心，他的革命，不过是想趁火打劫，捞点油水，改善一下生活。他并不乞求别人赏赐，也不用拍马告密的手段。在他造反时，别人拍他的马屁，那是别人的事。临终，他也没有出卖别人，显然是被别人出卖了。他究竟是一个农民。

中篇小说的情节，由主要人物作为线索，一直贯穿下来。情节就是故事，故事是为完成主角的性格服务的，为充分表现主题思想服务的。情节在小说中并不是无足轻重的，是很重要的，但不应该是生编硬造的。情节在写作时有机地自然地形成，有时甚至作者预先都没有想到。情节就是主要人物的思想行为的发展，不能预先安排情节的空架子，拉着主角去走一走过场。情节是前进的车所留下的辙，是人物行进的脚印。

五、中篇小说的写作手法要单纯明朗。鲁迅写这篇小说，纯用白描手法。鲁迅惯用这种手法，完成极其绚烂的艺术作品。什么叫白描？白描也可称素描，即用单纯的艺术手法进行描绘，单纯包括言语简练，笔触准确有力，干净利索，独特漂亮等等艺术的功力。这种功力就是艺术修养，是从刻苦锻炼而来，是来之不易的。

《阿Q正传》当然吸取了外国小说的一些手法，在欧洲，有一些好的古典的中篇小说，但总的看来，《阿Q正传》是真正的民族风格，这是由它的现实内容和现实主义的创作方法决定的。

鲁迅在写这部中篇时，是在日报副刊上连载的，每周登一段，写来是比较从容的，并且按照副刊的性质，是想写得幽默一些的。小说虽以幽默的笔调开头，但越写越严峻，终于在结局时，使小说无可争辩地具备了悲剧的性质。这并不是指阿Q个人的悲剧。这是指的艺术的最后效果，它在思想感情两方面给读者以启发：如此的社会，产生了如此的人物，以及如此的结局。

我个人每读到小说最后，鲁迅写阿Q在临刑前，竭力把那个圈圈画圆的心理状态时，心情是沉重到极点的。我认为这一节具备一种鬼斧神工的力量。这并不是阿Q的生命的终结，不是奔泻而下的艺术长流的终结。

《阿Q正传》写出了作者对这一时代的中国社会、人物思想的长期观察，深切感受，出于公心的爱憎，希望改革的热望。

关于典型创造，曾有过多次争论，聚讼纷纭。我同意那种简单明了的说法，凡是成功的典型，都有一个真人作它的模特儿，作创作的依据。据可靠材料，阿Q确有真人依据，不只阿Q，鲁迅的其他人物，如孔乙己、闰土，甚至豆腐西施、小D等，都有他们的模特儿。鲁迅这种创造人物的方法，根基于真实的社会生活，因此才可能成为现实主义的，成为艺术的上品。

高尔基说：写一个工人，要去研究几十个工人，写一个农民也是如此。以一个真人作为模特儿，当然并不局限在他一个人身上，还要吸取这一社会阶层的共同特点,去补充他,去加强他,这就是创造。典型之所以形成,不同照相,主要是通过了作家的创造,包含有作家的思想。

在《阿Q正传》发表的时候,北京有些教授,大为恐慌,以为哪一点是写的他,或怕下一回要写到他,这就证明《阿Q正传》写得成功,触动了社会上这样多的人。鲁迅可能吸取了他们身上的某些特点,但是这些教授还没有资格冒充阿Q。

阿Q的性格,是经过艺术的创造,才有了真正的灵魂。

欧洲大礼拜堂里的圣母像,中国乡村小庙里的泥菩萨,在创作它们时,也都要有一个活人作为模特儿,这已经是人人皆知的秘密。这一事实,并不贬低这些作品的艺术价值,正说明了艺术创造的真实规律。《聊斋志异》里的鬼神鸟兽,蒲松龄根据的也是活的人。

作者根据他的思想要求,选择他要进行创作的典型人物。这必须是他最熟悉,最有兴趣,最有感情的人物。无论是对这个人爱或憎,作者就是要写他。这样才能抒发作者对他的那种强烈感觉,以及由这种感觉,激发起来的重大思想。这样就是创作的过程,任何真正的艺术作品都是如此产生的。

  一个正直的老一辈的人，对初学者，应该先鼓励他们去认真体验生活，然后再谈创作。创作最好是写自己亲身的体验，或身临其境的事。写抗日战争，最好是经历过抗日战争。没有经过抗日战争的人，也可以写的。施耐庵没有上过梁山，《水浒传》的作者，不正是他吗？但写历史题材，要做艰苦的研究考察工作，要研究历史，要研究前人留下的文献资料，要实地考察地理山川形势，战争遗迹，口碑传说。好的历史小说都是在前人的写作基础上完成的，而前人，就是接近过那些典型人物和当时的生活的人。就是这样，也还是离不开你所处的现实社会。《水浒传》所表现的社会生活的风貌，我看是更接近明代一些。如果你对当前的社会生活没有丰富的知识，深刻的理解，你能够写好历史题材？

  鲁迅说：最好是亲身经历过，但也不是绝对的，例如写强盗，写娼妓等等的话。但他指的是强盗、娼妓，如果你对作为目前社会的主要成分的工农兵也一无所知，或所知有限，你是无法进行创作的。

  最近读《鲁迅书信集》，在一封信中，鲁迅说，在写到阿Q就要进牢房时,他很想喝醉了酒,到马路上去打警察,好去作这种生活体验。这不完全是说笑话。鲁迅在上海定居后,常常谈到所以不能继续作小说,是没有机会去进行考察。在上海,鲁迅主要是以杂文为武器。在他晚年所写的一篇题名《阿金》的短文里,我们可以看到,在他一写到实际的人物生活时,他的观察是多么深刻入骨,对人物与周围环境的关系,写得是多么水乳交融。这都证明鲁迅在创作上,对实际生活体验的重视。

一九七七年八月

《子夜》中所表现中国现阶段的经济的性质[①]

这里,不是介绍,不是批判,而是质直的说明读《子夜》应注意的所在,希望《子夜》的广漠的读者大众共同来研究。

当《子夜》刚刚出版,整个国内读书界,便来了空前的轰动,市场上的畅销,出版界的宣扬,十足地表现了,这部书,除去作者的优秀技术不论,取材上是

---

① 此文是孙犁在保定育德中学高中阶段所写的读茅盾《子夜》的读后感。

抓住了中国目前最严重的问题。

关于中国经济性质，争论已有四五年之久，而在一九三一年以读书杂志为中心战场，开展了肉搏的斗争。这并不是说，因为读书杂志的论战才有这样热烈的论争，反是因为此问题的日见严重迫切，才产生了这些论战场所。

同时我们要看，《子夜》的作者，在一九三〇年的秋夏之交，便有了大规模的描写中国社会现象的企图，到一九三一年十月，乃整理所得的材料，开始写作（见《〈子夜〉后记》）。从这里，我们便可认清，《子夜》的作者，是要以艺术的手腕，来解答这个社会科学上的问题的。

"中国社会到底是一个怎样的社会呢？"这是人人要求解答的问题。虽然论争了这么长的时间，虽然各派有各派固执的答案，然而截至现在，还没有得出一个"大同"的结论来。

《子夜》的作者是文艺家，他企图解答这个意见分歧谜样的问题，颇值得我们注意；同时，作者以客观写实的手笔，来描述现社会的情况，不作闭户凭空的理论制造，更是值得我们来研究。不过稍为感到一点

缺陷，就是《子夜》偏重都市生活的描写，而忽略了农村经济的解剖。这在作者已经声明于前了。（见《〈子夜〉后记》）

如果我们不是为消遣而读这部小说，如果我们不是为了"时髦"而鉴赏这部文学作品，只要潜心的去研究，我们很容易的便找到《子夜》的作者所暗示给我们的关于中国经济问题的几条解答。那就是：

一、中国民族工业的运命的描述

二、国内金融资本的现状的刻露

三、帝国主义对于中国经济的影响的说明

四、中国土地问题的探讨

五、农民运动前途的素描

六、产业工人力量的估量

七、中国将来革命性质的暗示

而这几条答案，在关于中国经济性质的讨论上，是最关重要的。

虽然还有人酸酸愤愤地喊"《子夜》竟有几个人读？有几久的寿命？"（见天津《益世报》梁实秋主编《文学周刊》第三十六期莲子著《文学的永久性》。）然而事实上，《子夜》所把握住的读者，在高级的意义上，较之前此的诸文艺作品,是首屈了一指的。同时,在效能上说,《子夜》也充分地尽了它那时代的任务。一句话,《子夜》的本身是具有不可否定的价值的。

是以我做了这抛砖引玉的工作,焦渴地希望有一篇详细的"《子夜》索隐"出现,来完成这研究的发端。

原载《中学生》杂志第四十一号(一九三四年一月)

装书小记
——关于《子夜》的回忆

最近,《人民文学》编辑部,赠送我一本新版的《子夜》,我就利用原来的纸封,给它包上新的书皮。这是童年读书时期养成的一种爱护书籍的习惯,一直没有改,遇到心爱的书,总得先把它保护好,然后才看着舒适放心。

前几年,当我的书籍发还以后,我发见其中现代和当代文艺作品,《辞源》和各种大辞典全部不见了,这是可以理解的。而有关书目的书,也全部丢失,这就使我颇为奇怪。难道在执事诸公中间,竟有人发思古之幽情,对这门冷僻的学科,忽然发生了学习的兴趣，想借此机会加以研究和探讨吗？据一位当事人员对我说：你是书籍的大户，所以还能保留下这么多。那些零星小户，想找回一本也困难了。

对这些残存的书，我差不多无例外地给它们包裹了新装，也是利用一些旧封套，这种工作，几乎持续了两年之久。因为书籍在外播迁日久，不只蒙受了风尘，而且因为搬来运去，大部分也损伤了肌体。把它们修整修整，换件新衣，也是纪念它们经历一番风雨之后，面貌一新的意思。

每逢我坐在桌子前面，包裹书籍的时候，我的心情是非常平静，很是愉快的。一个女同志曾说，看见我专心致志地修补破书的样子，就和她织毛活、补旧衣一样，确实是很好的休息脑子的工作。

是这样。我对书有一种强烈的，长期积累的，职业性的爱好。一接触书，我把一切都会忘记，把它弄得整整齐齐，干干净净，我觉得是至上的愉快。现在，面对的是久别重逢的旧友，虽然也有石兄久违之叹，苦无绛芸警辟之辞，只是包书皮而已。

至于《子夜》，我原来有一本初版本。这是在三十年代初很不容易才得到的。《子夜》的出版，是中国革命文坛上的一件大事。鲁迅先生很为这一重大收获高兴，在他的书信集中，我们可以看到，他当时写信给远在苏联的朋友说：我们有《子夜》，他们写不出。我们，是指左联；他们，是指国民党御用文人。

当时，我正在念高中，多么想得到这本书。先在图书馆借来看了，然后把读书心得写成一篇文章，投稿给开明书店办的《中学生》杂志。文章被采用了，登在年终增刊上，给了我二元钱的书券，正好，我就用这钱，向开明书店买了一本《子夜》。书是花布面黄色道林纸精装本，可以想象我是多么珍惜它。

越是珍惜的东西，越是容易失去。我的书，在抗日战争期间，全部损失。敌人对游击区的政策是"三光"，何况是书！这且不去谈它。有些书，却是家人因为怕它招灾惹祸——可以死人，拿它来烧火做饭了。

胜利以后，我曾问过我的妻子：你拿我的书烧火，就不心疼吗？

她说：怎么不心疼？一是你心爱的东西；二是省吃俭用拿钱买来的。我把它们堆在灶火膛前，挑挑拣拣舍不得烧。但一想到上次被日本人发现的危险情景，就合眉闭眼把它扔进火里去了。有些书是布皮，我就撕下来，零碎用了。

我从她的谈话中，明白了《子夜》可能遭到的下场。

人类发明了文字，有了书籍以来，无论是策、札、纸、帛，抄写或印刷，书籍在赋予人类以知识与智慧的同时，它自己也不断遭遇着兴亡、成败、荣辱、聚散、存在或消失的两种极其相反的命运。但好的，对人类有用的书，是不会消灭的，总会流传下来，这是书籍的一种特殊天赋。

我初读《子夜》的时候，保定这个北方的古老城市，好像时时刻刻都在预报着时代的暴风雨。圣洁的祖国土地，已经遭受了日本帝国主义的两次凌暴，即九一八事变和一·二八事变。革命的书籍——新兴社会科学和十月革命以后的文学，在大大小小的书店里，无所顾忌地陈列着，有的就摆在街头地下出卖，非常齐全，价格便宜。在这一时期，我生吞活剥地读了几种马列主义的经典著作，初步得到了一些辩证法和唯物主义的知识。

二十年代和三十年代的交接期，是革命思想大传播的时代，茅盾同志创作《子夜》，也是在这种潮流下，想用社会分析的方法，反映中国社会的经济结构、阶级关系和阶级斗争，并力图以这部小说来推动这个伟大的潮流。我从这个想法出发，写了那篇读后感，文章很短。

在那一时期，假的马克思主义，即挂羊头卖狗肉的书籍也不少，青年人一时难以辨认，常常受骗上当。有些杂志，不只名字引人，封面都是深红色的，显得非常革命，里面马列主义的引文也不少，但实际上是反马列主义的，这是后来经鲁迅先生指出，我才得明白的。

但青年学生也究竟从马列主义的原著，从一些真正革命的作家那里，初步获得了正确的革命观点，运用到他们的创作和行动之中。

一九七八年春天

《刘半农研究》

载《新文学史料》一九九一年第一期。

材料共三篇：刘氏日记通读；徐瑞岳作刘氏研究十题摘读；其他一篇未读。

刘氏著作，我只买过一本良友印的他的《杂文二集》，精装小型，印刷非常精美，劫后为一朋友借去未还。

记得刘氏逝世后，鲁迅先生曾写一文纪念，我至今记得的有两点：一、刘氏为人，表现有些"浅"，但是可爱的；二、有"红袖添香夜读书"的思想，常受朋友们的批评。我一向信任鲁迅先生的察人观世，他所说虽属片面，可能是准确的。

　　红袖添香云云，不过是旧日文人幻想出来的一句羡美之词，是不现实的。悬梁、刺股，凿壁、囊萤，都可以读书。惟有红袖添香，不能读书。如果谁有这种条件，不妨试验一下。

　　但文人性格中，往往会存在这么一种浪漫倾向。以刘氏请赛金花讲故事为例：当时赛流落在北京天桥一带，早已经无人提起她。是管翼贤（《实报》老板）这些人发现了她，当作新闻传播出去。最初听赛信口开河的有傅斯年、胡适等人，听得欣然有趣。但傅和胡只是听听而已，不会认真当作一件事去收集她的材料，更不会认真地为她树碑立传。因为这两位先生，城府都是深远的，不像刘半农那么浅近。

　　赛虽被写进《孽海花》一书，但并非正面人物，更无可称道之事。当时北京，经过八国联军入侵之痛的老一辈人还很多，也没人去恭维她。刘送三十元给她，请她讲故事六次，每次胡乱说一通，可得五元，在当时处于潦倒状态的老妓女来说，何乐而不为？

　　刘就根据这个谈话记录，准备为她立传，因早逝，由他的学生商鸿逵完成，即所谓《赛金花本事》一书，一九三四年出版。当时东安市场小书摊，都有陈列，但据我所知，很少有人购买。因为华北已处于危亡之际，稍有良知的，都不会想在这种人物身上，找到任何救国图存的良方。有人硬把赛金花的被提起，和国难当头联系起来，是没有道理，也没有根据的。

刘氏这一工作，是彻底失败了。当然，他成功的方面很多，这也不值得大惊小怪。

使我深受感动的，是徐瑞岳文章中，引叙齐如山对刘的劝告。齐说："赛金花自述的一些情况，有些颇不真实，尤其是她和瓦德西的关系，似有生拉硬扯和修饰遮掩之嫌，撰稿时要多加谨慎。"并说："以小说家、诗家立场随便说说，亦或可原，像你这大文学家，又是留学生，若连国际这样极普通的情形都不知道，未免说不过去。而且你所著之书，名曰本事，非小说诗词可比，倘也跟着他们随便说，则不但于你名誉有关，恐怕于身份也有相当损处。"朋友之间，能如此直言，实属不易。

同样，我也佩服钱玄同对商鸿逵的训教。徐氏原文称："时在北大研究院的钱玄同听说此事后，甚为生气，把商鸿逵叫去狠狠训了一顿，认为一个尚在读书的研究生，不应该去访问什么赛金花，更不应该为风尘女子立传。商鸿逵从钱玄同那儿恭恭敬敬地退出来，又跑到时任北大文科主任的胡适之处，向胡氏详尽地汇报了撰书的起因和经过，并得到了胡适的首肯。"

从这一段文字，可同时看出：钱、商、胡三个人的处世为人的不同。

耕堂曰：安史乱后，而大写杨贵妃；明亡，而大写李香君；吴三桂降清，而大写陈圆圆；八国联军入京，而大写赛金花。此中国文人之一种发明乎？抑文学史之一种传统乎？不得而知也。有人以为：通过一女子，反映历代兴亡，即以小见大之义，余不得而明也。当然，文学之作，成功流传者亦不少见。《长恨歌》，《桃花扇》，《圆圆曲》，固无论矣。即《孽海花》一书，亦不失为佳作，然失败无聊之作，实百倍于此，不过随生随灭，化作纸浆，不存于世而已。而当革命数十年之后，人民处太平盛世之时，此等人物，又忽然泛滥于文艺作品之中，此又何故使然欤？

一九九一年五月二十三日上午

读《高长虹传略》

文载《新文学史料》一九九〇年第四期。作者言行。

我认为这是一篇很好的传记。关于高长虹,过去人们所知甚少,现在,差不多都忘记了。他的同乡人士,近年出版了他的文集,我尚未见到,读了这篇传记,却有些感触。过去,人们乡里观念重,常有一些有心人,把地方文献征集出版,不埋没人才,原是一件好事。现在山西一些同志,也注意到这方面的工作,引起我的兴趣。

我开始留心文坛事迹之时,狂飙运动,已经过去了。我倾心的是当时正在炽热的左翼文学运动。狂飙运动，这一名词虽然响亮得很，鲜明得很，但在社会上，甚至在文艺界，似乎并没有留下多少使人记忆的事迹和影响。我知道高长虹这个人名，不是从他的著作、文章，而是从鲁迅和别人的文章。有一次，我在北平的冷摊上，遇到一本《狂飙周刊》的合订本，也没引起购买的想法。这说明，热闹一时的狂飙，已被当时的文学青年所冷落。

任何运动的兴起，都必有时代思潮做基础，狂飙运动，不过是五四运动的一个余波。它体现的还是爱国精神和民主科学两个口号，但时代思潮，继续向前发展，狂飙的主将，没有这方面的准备，也没有这方面的热情，很快就被"时代的狂飙"，吹到了旁边，做了落伍者。因此，他们的运动，也就成了尾声。

高长虹书读得是多的，文笔是锋利的，也有股子干劲，也具备一种野心。但据我看，他是个个人主义者，也有些英雄色彩。但不与时代同步，不与群众结合，终于还是落到无用武之地的寂寞小天地里去了。

他的一生，追求探索，无书不读。只身一人，一囊一杖，游历数国，也不知他是如何生活的。他好像没有固定的信仰，也不做任何实践，甚至也不愿系统地研究一种学问。一生栖栖惶惶，不禁使人发问：夫子何为？

最后，终于感到，这样大的天地，这样多的人民，竟没有一个安身立命的落脚之地。这不是时代的悲剧，只能说是一个人的、一个性格的悲剧。

耕堂曰：一九四四年至一九四五年，我在延安，住桥儿沟东山。每值下山打饭，常望见西山远处，有一老人，踽踽而行，知为高长虹。时距离远，我亦无交游习惯，未能相识。另，我长期在晋察冀边区工作，山西之盂县，曾多次路过。以当时不知为高氏故乡，故亦未加采访。今读此传，甚为高夫人行为所感动。以她的坚贞死守之心，高惟一的一张青年时照片，得以留存，使后人得睹风采。高紧闭双唇，可观其自信矣！

一九九〇年十二月二十七日

《传略》引高氏文章：军阀是些被动的东西，他们被历史、制度、潮流夹攻着而辨不出方向，他们没有自觉，没有时代，他们互相碰冲而无所谓爱憎，他们所想占据的东西是实际上并没有的东西，他们冲锋陷阵在他们的梦想里，他们全部的历史便是，短期的纷扰与长期的灭亡。

读着这段文章，我不知为什么，会想到文艺界的一些英雄豪杰身上去。

次日又记

读萧红作品记

大概是前两个月吧,一位相识者去东北参加纪念萧红的会,回到北京,曾给我来信,要我谈谈萧红作品的魅力所在,探索一下她在文学创作中的"奥秘",这确实不是我的学力所能完卷的。不过,我总记着这件事。近日稍闲,从一位同志那里借来一册《萧红文选》,一边读着,一边记下自己的感触。

此书后面附有鲁迅写的《〈生死场〉序》和茅盾写的《〈呼兰河传〉序》,对于萧红,评价最为得当。特别是鲁迅的文章,虽然很短,虽然乍看来是谈些与题无关的话,其实句句都是萧红作品的真实注脚。不只一语道破她在创作上的特点、优长及缺短,而且着重点染了萧红作品产生的时代。一针见血,十分沉痛。文艺评论写到这样深刻的程度,可叹为观止。

对于萧红的作品,鲁迅是这样说的:

这自然不过是略图,叙事和写景,胜于人物的描写,然而北方人民对于生的坚强,对于死的挣扎,却往往已经力透纸背;女性作者的细致的观察和越轨的笔致,又增加了不少明丽和新鲜。精神是健全的,就是深恶文艺和功利有关的人,如果看起来,他不幸得很,他也难免不能毫无所得。

茅盾对萧红的作品,是这样说的:

而且我们不也可以说:要点不在《呼兰河传》不像是一部严格意义的小说,而在它于这"不像"之外,还有些别的东西——一些比"像"一部小说更为"诱人"些的东西,它是一篇叙事诗,一幅多彩的风土画,一串凄婉的歌谣。

我是主张述而不作的,关于萧红,我还能有什么话说呢?

人们常把萧红和鲁迅联系起来,这是对的。鲁迅对于她,有过很大的帮助。但不能像现在有人理解的:"没有鲁迅就没有萧红。"先有良马而后有伯乐。萧红是带着《生死场》原稿去见鲁迅的。鲁迅为她的书写了序,说明她是一匹良马。

鲁迅对她的帮助并非从这一篇序言开始,我们应该探索萧红创作之源。鲁迅以自身开辟的文学道路,包括创作和译作,教育了萧红,这对她才是最大的帮助。

我现在读着萧红的作品,就常常看到和想到,她吸取的一直是鲁门的乳汁。其中有鲁迅散文的特色,鲁迅所介绍的国外小说,特别是苏联十月革命时代的聂维洛夫、绥甫琳娜等人短篇小说的特色。

但更重要的是她走在鲁迅开辟的现实主义道路上。她对时代是有浓烈的情感的,她对周围现实的观察是深刻的,体贴入微的,她对国家民族是有强烈的责任感的。但她不作空洞的政治呼喊,不制造虚假的生活模型。她所写的,都是她乡土的故事。文学创作虚假编造,虽出自革命的动机,尚不能久存,况并非为了大众，贪图私利者所为乎。

萧红的创作生活，开始于一九三三年，而其对文学发生兴趣，则从一九二九年开始。此时，苏联文学中左的倾向正受批判。同路人文学，开始介绍到中国来。鲁迅、曹靖华、瞿秋白等人翻译的《竖琴》和《一天的工作》两书，其中同路人作品占很大比重。同路人作家同情十月革命，有创作经验，注意技巧，继承俄国现实主义传统。他们描写革命的现实，首先通过对现实生活的描述。较之当时一些党员作家，只注意政治内容，把文艺当作单纯的宣传手段者，感人更深，对革命也更有益。在我国，一九三〇年以后，经过鲁迅和太阳社的论战，文艺创作也渐渐走上踏实的、注意反映现实生活的道路。不久，鲁迅等人创办《译文》杂志，进一步又介绍了普希金以下国外现实主义的古典著作，大大开拓了中国文学青年的视野，并有了营养丰富的食品。萧红的作品明显地受到同路人作家的影响，她一开始，就表现了深刻反映现实的才能。当然，她的道路，也可能有因为不太关心政治，缺少革命生活的实践和锻炼，在失去与广大人民共同吐纳的机会以后，就感到了孤寂，加深了忧郁，反映在作品中，甚至影响了她的生命。

五四以来，中国的女作家，在文坛之上，一呈身形，而立即被广大青年群起膜拜于裙下者，厥有三人：冰心、丁玲、萧红。当然，这与其说是追慕女作家，不如说是追慕进步思想，追慕革命。冰心崛起京华，乃五四启蒙运动的产物；丁玲崛起湖南，乃第一次国内革命战争的产物；萧红崛起哈尔滨，乃东北沦陷、民族危难深重时期的产物。时代变革之时，总是要产生它的歌手的。多难兴邦，济济多士。伟大的时代，在暴风雨中，产生海燕之歌，产生伟大的作家。太平盛世，多靡靡之音。这是文学历史上的常见现象。但像"文化大革命"这样人为的、祸国殃民的所谓"革命"，是不会也不能陶铸出它自己的"作家"来的，有之，则将是批判的现实主义作品。

现在是八十年代，我读着萧红写于三十年代之初的作品。她所写的生活，她的行文的语法，多少有些陌生了。但它究竟使我回忆起冰天雪地、八年抗战[①]，使我想起了多少仁人志士前仆后继的牺牲，使我记起《大刀进行曲》的雄壮歌声。但在我的周围，四邻八舍

---

① 现在将"八年抗战"落实为"十四年抗战"。

的青年们，正在用录音机大声地，翻来覆去地，无止无休地，播送着三十年代为革命青年所不齿的《桃花江》《毛毛雨》。就是听到重播的革命歌曲，也不复是当年的气派。才知道任何文艺作品，离开了那个时代，没有共同的感情，就只能领略其毛皮而已。以上种种，真使我废卷叹息，不胜今昔之感了。

中国封建历史悠久，女作家寥若晨星，而对于她们的作品，特别是有关她们的身世，评论界多不实之词。有庸俗的作家，就有庸俗的批评家。但对于像萧红这样革命而严肃的现实主义作家，那种习惯于把捧作家和捧戏子同等看待的无聊之辈，是不敢轻易佛头着粪的。

萧红可爱之处，在于写作态度赤诚，不作自欺欺人之谈。其作品的魅力，也可以说止于此了。评论家最好也作如是想，要正心诚意。有些评论家，几十年来，常常要求作家创造"新的人"，但想来想去，究竟不明白他们所要求的新人，是何等样人？而他们所称许的作品中的新人，又常常不见于中国的现实生活，却见于外国人的几十年前的小说。如此人物，可得称为新人乎？

萧红小说中的人物，现在看起来，当然不能说是新人，但这些人物，尤其是令人信服的现实基础，真实的形象,曾经存在于中国历史画幅之上,今天还使人有新鲜之感。她所创造的人物,就比那些莫须有的新人,更有价值了。

真正的善恶之分,是没有历史局限的。人亦如此。忘我无私,勤劳勇敢,自是我们民族的美德所在。具此特点,为今天的事业工作,则为新人。难道还有什么离开历史,离开固有道德,专等作家凭空撰写的新人吗?

远处屋顶上有一个风标,不断转移。那是随风向转移。星斗在夜间看来,也在转移。然有时转移者非星斗,乃观者本身。有些评论之论点多变,见利而趋,可作如是观。

中国女作家少,历史观之,死于压迫者寡,败于吹捧者多。初有好土壤而后无佳气候,花草是不容易成活壮大的。自身不能严格要求,孤芳自赏,生态也容易不良。一代英秀如萧红,细考其身世下场,亦不胜惆怅之感。

萧红最好的作品,取材于童年的生活印象,在这些作品里,不断写到鸡犬牛羊,蚊蝇蝴蝶,草堆柴垛,以加深对当地生活的渲染。这也是三十年代,翻译过来的苏联小说中常见的手法。萧红受中国传统小说影响不大,她的作品,一开始就带有俄罗斯现实主义文学的味道,加上她的细腻笔触,真实的情感,形成自己的文字格调。初读有些生涩,但因其内在力大,还是很能吸引人。她有时变化词的用法,常常使用叠句,都使人有新鲜感。她初期的作品,虽显幼稚,但成功之处也就在天真。她写人物,不论贫富美丑,不落公式,着重写他们的原始态性,但每篇的主题,是有革命的倾向的。不想成为作家,注入全部情感,投入全部力量的处女之作,较之为写作而写作,以写作为名利之具,常常具有一种不能同日而语的天然的美质。这一点,确是文字生涯中的一种奥秘。

脚踏实地,为时代添一砖一瓦,与人民同呼吸共甘苦,有见解有理想,有所体验,然后才能谈到创作。假若冒充时代的英雄豪杰,窃取外国人的一鳞半甲,今日装程朱,明日扮娼盗,以迎合时好,猎取声名,如此为人,尚且不可,如此创作,就更不可取了。严霜时,菽粟残伤;春暖时,蔓草滋长。文章的命运,是有很大的天时地利的不同的。

一九八一年八月三十日改讫

果 戈 理

——纪念他逝世一百周年

去年冬季,我们在苏联访问。关于果戈理,我所见到的只是莫斯科的果戈理广场和他的铜像;他的名剧《钦差大臣》在艺术剧院的一次演出;以及在莫斯科画廊中陈列的一幅巨大的以小说《布尔巴》为题材的油画。但因为是在果戈理的祖国,亲眼见到了苏联人民的幸福美满的生活,对于这位作家,我的体会就更亲切、更丰富了。

那时,广场上铺着厚雪。密密的槐林,在夏秋两季,一定是很好的游玩休息的地方。果戈理披着宽大的头巾,俯着身子凝视着土地。这铜像传达了作家的深思的忠于国土的热情。

果戈理，有时会被认为是一个孤独冷静的人，善于嘲讽的人。如果他只是这样的一个人，就不能忠实地反映他的时代，出色地描绘他的乡土，也就不会和未来的生活相通。实际上，果戈理是一个非常热情的人，他的著作充满健康乐观的气氛，他的文字的功业，已经远远超过了他的时代，不只为革命以后的苏联人民所珍重，而且为全世界的忠于斗争和劳动的人民所爱戴。

果戈理自然是一位杰出的讽刺作家。什么是讽刺？根据鲁迅先生的界说，讽刺的生命是热情，是对祖国和人民的爱，是对民族弱点的慈善智慧的鞭策，是对未来幸福生活的热烈的仰望。

讽刺作家，必然是伟大的现实主义作家。没有现实主义的负责的认真的努力，就不会成功讽刺。讽刺作家对现实的人民生活，尤其要有全面的了解，他不只能指出那些落后的腐朽的方面，更必须抱负医治的热情。只是会说："多么黑暗呀""这真可笑呀"的人，不会写出真正的讽刺作品；只能张扬那些血污的人，就不会负责地收生婴儿，更不会负责地养育婴儿。

因为他的时代,他的出身,果戈理自然也有缺陷。然而,他是热爱祖国和人民的,因为热爱,他才讽刺。果戈理在幼年的时候,就努力使自己成为一个对祖国有用的人。因为要做到有益于祖国和人民的讽刺,他对祖国和乡土的历史,对人民生活的风俗习惯,作了认真的观察,探求了最好的表现方法。

果戈理的作品里自然有悲剧,然而主要的是喜剧。他的喜剧不是轻描淡写的,是深厚感人的。在俄罗斯文学历史里,果戈理成为一个"时期",他和陀思妥耶夫斯基、安特列夫,不是一个系统;他是普希金、契诃夫中间,承上启下的人。

庸俗的讽刺,可能是仅仅博取观众一笑,也可能是单纯的揭发和冷嘲。果戈理的讽刺,不是这种讽刺。庸俗的讽刺,使观众看后,只觉得社会原来如此黑暗,命运原来如此离奇,甚至于养成投机取巧的心理。果戈理作品的效果,不是这种效果。

果戈理的作品自然常常引人发笑,然而立时就使读者感到:正在笑他自己,果戈理的针灸正按在他的病痛上。果戈理作品里有严重的暴露,这种暴露,对新兴的阶级很有好处,使他们看见了敌人的污毒,增加了搏战的勇气。

果戈理的作品,都是真实的,并且有热烈的幻想。他写出了俄罗斯和他的家乡的丰富美丽的风土,用真诚的抒情的方法,写出了人民对生活的希望。在他的作品里,现实生活和人民的希望交织在一起,因为有这些内容,果戈理的作品,才真正成了诗篇。

在果戈理的短篇著作里,我们已经看到那些香馥的草原,迷茫的道路,美丽的夜晚,富于诗意的小镇和奋勇热烈的战争生活了。他的抒情不是柔细单纯的风景画,其中包含了丰富的历史、社会、民俗学的知识。贯彻着对于国家,对于人民的负责的精神。

果戈理的小说,有浓重的爱国主义。《塔拉斯·布尔巴》是一篇杰出的关于俄罗斯人民反抗侵略的战争小说,是一首真实的史诗。而布尔巴无疑是文学历史上最富于性格色彩的英雄人物之一。这是果戈理作品的真正精神,这种精神,自然为苏联的人民喜爱,必然有助于苏联人民保卫祖国的忠诚。

长篇《死魂灵》是俄罗斯一个时代的生活横断面。在这部作品里,他不只把那些地主吝啬鬼和骗子铸成典型;果戈理把他对祖国的热烈的希望,就是作为一个忠实儿子的情感,也写进去了。一部书里,包含作家的全部心血,他的理智的见解和情感的奔流。当我们有一次坐了汽车走远路的时候,我忽然想起果戈理坐了旧式的马车,在俄国风雪的道路上旅行的情景。想起了他一路的赞叹之词:

> 俄国呀!我的俄国呀!我在看你……然而是一种什么不可捉摸的,非常神秘的力量,把我拉到你这里去的呢?为什么你那忧郁的,不息的,无远弗届,无海弗传的歌声,在我们的耳朵里响个不住的呢?……唉唉,俄国呀!……你要我怎样?……莫非因为你自己是无穷的,就得在这里,在你的怀抱里,也生出无穷的思想吗?空间旷远,可以施展,可以迈步,这里不该生出英雄来吗?

这样就使我想到果戈理对他的祖国已经尽了庄严的职责。想到他在献给普希金的一篇文章里说的:"一听到俄罗斯这个字,我们诗人的眼睛就更光亮了,他的眼界也更扩大了,他仿佛立刻庄严了很多,比较任何人都要来得伟大。自然,这是一种非同寻常的爱国的热情！"是诗人由衷的声音。

果戈理对中国的新文艺，有深刻的影响，他的现实主义的光芒，很早就投射到中国的一颗文学巨星身上。鲁迅先生是中国新文苑的扶犁人，一九一八年在《新青年》杂志上发表了第一篇白话小说《狂人日记》。这篇小说是中国文学革命的第一次成功的收获，它不只是讨伐封建社会的檄文，也在认真的实践上奠定了现实主义的基础。

《狂人日记》有果戈理的影响。这时十月革命已经成功，马列主义已经传播到中国，鲁迅先生的先觉的战斗的精神，使他的现实主义的力量更为发扬，使中国新文艺的现实主义的方针更为巩固，成为主流。

鲁迅先生晚年，努力介绍果戈理，组织了果戈理选集的翻译工作，亲自翻译了巨著《死魂灵》。这是果戈理作品的出色的翻译，两大才能交相辉映，中译本确切地传达了果戈理的精神，保存了原作文字的锋芒。鲁迅先生还主持翻印了《死魂灵百图》，包括阿庚和梭可罗夫两家关于《死魂灵》的绘画，既有益于文学读者，又有助于画家。

在翻译期间和中译《死魂灵》出版以后，鲁迅先生常常提到果戈理文字的特点,促使文学青年注意。这些提示就在先生的《论讽刺》《什么是讽刺》《几乎无事的悲剧》《〈死魂灵百图〉小引》那些文章里。

一九五二年二月二十八日

托尔斯泰

—— 赴苏联参观学习纪要(二)

托尔斯泰虽然是一个贵族,但他经常地保持了简单朴素爱好劳动的生活习惯。在晚年,努力使自己的生活像一个普通的农民。

在他的故乡的庄园里,他写了那些重要的长篇作品。庄园里树林很密,他住的房子并不高大,他把自己的写作室,安排在原来是堆放杂物的仓房里。这是楼下一间低低的小小的房子,托尔斯泰很喜欢它,窗外的环境很安静,他在这里写作,坐着一个木箱。房的一角,放着一个单身铁床,屋顶上有几个铁环,原来是悬挂农具的,他利用它们来做体操。托尔斯泰喜欢运动,他的卧室里,放着铁哑铃。

那些包括很多富丽堂皇的场面的、反映了俄罗斯一个时代的生活风习的小说,就是在这个简陋的地方写出来的。这老人很喜欢操作和劳动,在莫斯科住宅的一个小房间里,木案上保存着他做工的斧、锯、钳子和铁钉。站在这些工具前面,把这些工具和他那不朽的文字工作联系起来,想一想吧。

他和劳动人民保持了密切的联系,农民们常找他来谈话,托尔斯泰的夫人很不欢迎这些来客,在莫斯科的住宅里,托尔斯泰专辟了一个小门,以便劳动者能直接进入他的房间。他喜爱他的学医的小女儿,这女孩子经常在她自己的房间,为那些贫苦的劳动者诊断医疗。托尔斯泰说,在家庭里,只有这个女儿真正了解他。

他和劳动者谈话,并且喜欢人们争吵,在他的写作时间以外,他从不拒绝任何来访问他的人。

他喜欢散步,每天下午写作以后,就到野外去了,走得很远。莫斯科离他的故乡有二百公里,他曾四次徒步回家。他喜欢打猎,故乡的书房的墙壁上装饰着很多的大鹿角,他把一张自己猎取的大熊皮,铺在莫斯科住宅会客室的钢琴下面。

托尔斯泰喜欢到田间和农民一同操作,画家们曾描绘了他耕地、割草的种种形象。

托尔斯泰逼真地描写了当时俄罗斯社会各个阶层的生活,托尔斯泰描写的农民的形象,是美丽的生动的,他抱着深刻的同情心,体验了农民的生活。

托尔斯泰并不了解革命,他想给农民寻找一个出路,结果找到一条错误的有害的道路。但因为他的现实主义的精神,他的笔下出现了俄罗斯农民在资产阶级革命阶段的形象,反映了农民长期积累的革命的情绪和他们在革命中间的弱点。

我只是从他生活朴素、爱好劳动、接近劳动人民这些特质来回忆这位伟大的现实主义作家。

生活,和群众生活保持的距离,可以衡量一个作家的品质,可以判断他的收获。鲁迅先生的俭朴的生活作风,就又是一个例证。

托尔斯泰的墓地,没有任何装饰。就像他写的那篇小故事一样,一个人死后只需要这样小小的一块土地。

在树林中的道路的旁边,在厚厚的雪地上,在柏树枝掩盖的托尔斯泰的墓前，我们脱了帽。

托尔斯泰的故乡和他在莫斯科的住宅，都改成了博物馆。在他的故乡，还有一所孤儿院。

我们在夜晚参观了孤儿院，这是一所修建得很好，里面很温暖的学校。那些在卫国战争中失去父母的孩子们，热情地可爱地欢迎和招待了我们。他们不愿意我们离开，表演了很多的节目。我体会到了这些孩子们的真正的国际主义的心肠。孩子们坐在中间，我们坐在沙发上，背靠着他们亲手绣的花靠枕，桌上陈设着他们培养的常青的树。在演唱的时候，我们一致赞扬了那个唱高音的女孩子的最是嘹亮婉转的声音。

他们唱了一支由托尔斯泰作词的民间曲调的歌。托尔斯泰很喜欢这个曲调。显然，这些孩子们的生活和思想已经远远超过了托尔斯泰的时代，但孩子们很尊敬这老人，一个女孩子又背诵了一大段《战争与和平》里的对话。

一九五二年一月十日

契 诃 夫

——纪念他逝世五十周年

我们只能从他的作品认识他。我们也读了别人关于他的纪事,这些纪事常常是侧重一个方面,或者也有些渲染;他本人遗留下的通信、日记和手册,自然是很重要的材料,但看到的也是一些断片。其实,对于像这样一个真诚的作家,我们只要认真地阅读他的作品,便可以全面地理解他了。

契诃夫作品的特色,究竟在哪些地方?它之所以永久被人爱好,具备这样强烈的感染力量,凭借的是哪些特质?有一次,契诃夫读了一篇学生作文,他对一位作家说:海——是阔大的,这描写很好。契诃夫作品主要的特色，就是朴素和真实。

朴素，对于我们当前的写作，是一个重要的问题。我们的创作道路，常常从朴素开始，而在有了一定成就和进展的时候，就会忽然转向浮夸，因而也就急剧地衰退和坠落了。这是一个非常可惜的下场。

为了什么要这样做呢？我们不能保持作品初期的朴素风格，像保持童年的天真那样努力吗？难道也有什么外界的影响像社会上残余的恶习一样，感染和诱惑了我们的笔墨？这些外界的影响，也还可能是存在的。例如一些人对于作品的不实际的要求，对于文学事业的盲目吹捧或棒喝，文坛上残余的投机取巧、自吹自擂的现象，有的时候也会影响一个作家的健康成长。但是，主要的原因，还存在作家的主观方面。

在主观方面，也有分别。有的初学写作，在创作实践当中，一定会遇到很多的困难。例如刻画人物，虽然已经有很多理论家提供了很多办法，但还是解决不了我们在这一问题上的许多困难。我们的人物总是刻画不好。为什么在那些古典作家的作品里，三言两句，就使得一个并非主要的人物，也深刻地印证在读者的心里？为什么我们用这么多篇幅描写了的主要人物,还会被读者掩卷以后,立即遗忘?

这就不能不去学习,不能不发生向大作家学习的渴望。但是,学习的途径,不一定每个人都安排得很好。有的从理论书上找到一些条文,按性格、环境、内心、行动等等方面,去捏造他的人物;有的从一些当代名家的作品里去学习那些能以或是已经招致了彩声和掌声的"风格"。如果学习得好,我相信是会有好处的。但这种学习,像勉强学习别人的举止,那些学习来的成果,常常是不自然的,反而掩杀了他本身的天真的特质。

我们的文坛,有的时候被想象做看台一样。初学写作者自然羡慕那些站在上面一层的人,他们想找些简便的办法,平步登云,和那些人站在一道去。有的人,写过几篇文章,便不知道为什么骄傲起来,在作品中,也要装个样儿,这也是使作品失去朴素、装塞浮夸的一个原因。

这就使得文坛上的浮沉起伏的现象,频繁和急骤起来。在文学园地里,新的花朵不断开放,新的果实不断结成,新的林木不断矗立起来。这是很好的现象。有的作品能够像恒星一样,在天空长期悬照,但也有的像流星一样，很快地陨落了，即使它当时带有多么摇曳强烈的光辉。

这些自然现象，只能促使我们自警，不断地努力，却不能采取什么别的手段，勉强维持自己的作家的名色。作家应该有修养，有把持，就是认真地、坚韧地深入生活，从切实的阶梯，攀上文坛的高峰。

这样，我们就应该从契诃夫的创作道路学习。契诃夫说：

"一个人必须……不顾惜自己地……工作了一生。"

契诃夫从学生时代，就开始写作了。从幼年，他就积累了很多深切的生活感受，契诃夫是一个很善观察和想象的人。他一开始写作，就表现了很大的毅力，他写得很多很快，写得多和快，这常常是表现着作者生活感受的丰富和创作热情的高涨。他常常写着一篇故事就想起了另外一篇，他在业余的时间，一个晚上就能完成一篇小说。这种顽强的创作实践的精神，是契诃夫创作成功的一个重要因素。

当然，契诃夫向编辑们说过这样的话，他指着桌上的一个烟盘说：如果你要一个这样题目的故事，明天便可以交给你一篇。这并不是玩笑话，更不能说契词夫创作态度不严肃。他所以能够这样保证，是因为他素常积累的材料很多，构思的方面很广，他的创作要求，像喷泉一样，能满足和冲激到各个方面。

契词夫一直没有离开群众，一直没有减低对人民生活的关怀。他担任医生，很长时间做慈善事业，做调查工作。医务工作，使他有机会接触到各方面的人。

根据人们对他的回忆，忠诚和朴实是作家契词夫人格的主要特色。这种特色突出地、自然地表现在他的作品里，形成他特有的风格。从他早期的作品，那篇诗一样的小说《草原》，我们就完全为作家的这种伟大的胸怀感动了。

这种伟大的胸怀，真正拥抱和了解了他那国土的全部事物，表现在他对人的美丽的和善良的品格的发扬和维护，对于弱小的和不幸的抚养和同情。他常常为美丽的东西被丑恶的东西破坏而痛心，即便是一棵小小的花树，一只默默的水鸟或一处荒废了的田园。他对俄罗斯人民的伟大的可尊敬的性格，抱有坚强的自信，对于他的祖国必然走向幸福富庶之途，作过无数次的辩证和召唤。

关于契诃夫在文学事业上所达到的高尚的成果，我想不用再来叙述。我们只想说，契诃夫的作品曾经坚定了他同时代人民的善良的信心，并热烈地鼓励了他们。他全力追求的是快乐和幸福。冷漠和孤僻与他绝对无缘。他的作品会永久有助和有益于人类向上的灵魂。当然，我们也反对把契诃夫拉出他的时代，强加给他在当时不可能完成的任务。

我们只想说明契诃夫具备一个当作作家来看的完整的品格。这种品格是应该学习的。这种品格从大的方面来说，是作家对他的祖国和人民的改革和进步所作的重大的努力，他所表现的高贵的责任心、忠实性，以及无微不至的关怀。具体到作家本身，契诃夫有着完整的个人品格，在完成社会职责和做人的道德上，有很多值得我们学习的地方。

我想不会有人把契诃夫那贯注一生的对事业的认真，对朋友和同志的信用和帮助，对家庭成员：母亲、弟妹、妻子的强烈的爱，看作"旧道德"吧。今年纪念契诃夫的时候，我想会有他的妹妹和妻子的声音，在契诃夫生时，她们是多么了解过和信赖过自己这一位善良的亲人啊！她们会更多地告诉我们契诃夫在日常生活里的对人的真诚和爱。

所有这一切,在契诃夫那里,都是朴实的、自然的。契诃夫非常反对造作。他有一次说:有些真正像虎狼一样的人,有时还把爪牙隐蔽起来,装作安详的样儿,而有些文人,却把自己装扮成张牙舞爪的样儿。他觉得很奇怪。这种造作表现在作品上就会是自命不凡,虚伪夸张,大声喊叫,企图叫读者认为这篇文章的作者,确是一个英雄,一个大力士,一个时代的歌手。

做人的朴实和文字的朴实有密切的关联。有时候,是因为作者脱离实际,本钱小了,不得不装模作样,故弄玄虚。有时候,是盲目地学习的结果。前些时候,我看过一个同志寄来的小说,内容很充实,文字也很朴素,有些中国古典白话短篇小说的风格,这篇作品后来在一个刊物上发表了。过了一个时期,又有机会看到了那位同志寄来的一篇作品,在这篇作品里,情节本来很简单,但文章写得很长,原因是他叫他的人物说了很多无谓的话,做了很多无理取闹的行动,想了很多奇奇怪怪的问题。在夜晚,这个人物起来又躺下,躺下又起来,说一阵,想一阵。作品中充满一大段一大段的道理、哲理,实际上都是没用的话。而他写的是一个久经考验的战斗员，这种写法很明显地和人物的性格不相称。这篇作品，被删去了二分之一，留下那些实际的可能的东西也发表了。不知道这位同志，对这次删改是什么看法，会从中吸取什么教训。我们觉得这样删改是对的，是去伪存真的工作。这就是因为作者要学习什么，学坏了。他忘记了，作家主要的要向生活学习。生活本身，即便是激烈动荡的场面，也可以用朴实的笔法表现出来，这就是现实主义的功力。真实地朴素地表现一种事物，确实比喊叫着夸张着表现困难得多，但这正是现实主义较之那些空洞的渲染和虚伪的抒情更为可贵的地方，我们应该努力学习的地方。

有人说，目前这些不三不四的"性格"刻画，铺张浪费的"心理"描写，擦油抹粉的"风景"场面，是不学习民族遗产，醉心外国小说的结果。这是不正确的说法。固然，不学习民族遗产，是产生这种现象的一个原因，但任何好的外国作品都没有显示着这些造作。造作的本身只能归咎于作者生活的贫乏，和矫揉的创作态度。

从契诃夫的作品里，我们会学习到对待文学事业的朴实作风，他走过的这条从小到大，日积月累，从单纯到复杂的切实的创作道路，永久被强烈的阳光照耀着，通过繁盛的林木田野，广阔而长远。

"我承认，"有一位熟知契诃夫的人说，"我遇见过和契诃夫一样诚实的人。但是像契诃夫那样朴实，那样不装腔不矫情的人，我却从没见过第二位。"

一九五四年六月二十四日

壮 健 性[①]

—— 纪念高尔基

他反对个人主义的,悲叹的,市侩的文学。
在《论庸俗主义》那篇文章里,他说:

  这才看到他们了。
  惶惑的可怜的,逃避着革命,只要能够躲藏的处所就躲藏进去。
  在神秘主义的黑暗的角落里,在惟美派华丽

---

① 此文系孙犁佚文,据1941年6月18日《晋察冀日报》复印本抄录。

的圆亭里，在用偷来的材料仓促筑成的虚饰的小窠里。含泪的，绝望的，他们彷徨在玄学的迷空里，走来走去终于回到堆满了几世纪的尘垢的宗教窄路上；不论钻到那里，他们总携带着他们的含糊，他们的受了一点打击，就吓坏了的灵魂的歇斯底里的呻吟，他们的无出息，他们的厚脸皮；不管接触着什么东西他们都滔滔不歇地浇上一通美丽的废话，那声音可怜地而且虚妄地空响着。（一九〇五年）

提到那时的布林，他说：

我不了解他，我不懂得他为什么不把他的才能，美丽的好像厚实的白银似的，磨砺成一把利刀，刺入他应该刺去的地方。（一八七〇年。现在这个"作家"反动了。）

对安特列夫，他说：

把自己的创伤给人家看，故意挖破了给人家

看，故意挖出脓血来，把脓血去掺入。许多人都这样干的，特别是那位有毒的天才，我们的陀思退益夫斯基，是用着最呕人的方法干了的，可是这种行为是丑恶的，而且，当然也是流毒于人的。

说到现代写写东西的人物，最近更加使我讨厌了。他们不穿裤子在大庭广众中乱跑，翻跟斗给人看，悲伤地把自己的痛苦，立刻露出来给人世看。而且他们之所以感到自己立场的痛苦，是因为不觉得自己应该有安静的场所。

因此，无论何人，如对人世硬抱着消极态度，便是我的敌人。我深信，必须以我之一生，对人生对万人取积极的态度，在这点上，不妨说我是一个狂信者。（一九一一年）

一开头，高尔基写的那些浪漫主义的短篇，主要的内容便是勇敢的人们的故事。所谓"勇士的疯狂"的歌曲。

比如在小说《马卡尔·楚德拉》里，写的是罗伊科·左耳巴杀掉了要求他的崇拜的，那个美丽的可是非常骄傲的少女。他所以要这样干，是为的保持和拯救他的独立和自由。

比如在《伊则吉尔老婆子》那一篇里写了丹科这个人，是个烈火一般性情的人，把自己的心从身子里拉出来，高高举起，指示给他的同伴们从黑暗的丛林里走进阳光的旷野的出路。

比如在《可汗和他的儿子》这篇里，他写了年老的可汗和他的儿子，都爱上了一个俘虏的哥萨克女子。后来又决定把她抛在海里，解除他父子两个嫉妒的痛苦。但是那个老可汗，马梭林尔·亚斯伐，自己终于也从高崖跳进大海里，因为他对生活已经无所留恋了。

比如在《鹰之歌》里，骄傲的鹰，宁肯死在战争里面也不愿在地上爬着。"啊，骄傲的鹰，和敌人战斗，你流血而死了……"

比如在《马尔华》里，在《海燕》里……

这些人物都是意志坚强的，有分明的个性，强烈的自尊心，对生活抱着渴望。

高尔基走进文学界，俄国文学还沉没在□□□①，绝望的心理还在知识界盛行着，作家组织成了"悲叹

---

① 字迹不清，以"□"代之。

的家宅"。虽然像在契诃夫的作品里,柯罗连科、乌斯宾斯基的作品里,不难找到对压迫者的憎恶和鄙视,但是也缺乏进攻的精神,感伤多了一些。

高尔基用这些人物,流浪的赤脚汉来对抗那些俄罗斯皇帝亚历山大第三和尼古拉第二的忠顺臣子们、灰暗的市侩们。他描写着强有力的勇敢的性格,强烈的□□[1]的热情,发动反抗。

高尔基青年期生活的特点,使他在这一个时期从赤脚汉或是古代吉普赛人的传说里去采用"真正的人"的形象。但是最可贵的是他不久就能够观察到真正的人是工人阶级。那时俄国的工人已经斗争了。

高尔基热爱勇敢的性格、充满希望的人,他在每部作品里介绍了这样的人物给读者们。他回忆了旧俄罗斯,记录并创造了新的历史。

载《晋察冀日报》1941年6月18日

---

[1] 字迹不清,以"□"代之。

谈《海鸥》

问:苏联作家尼·比留柯夫的长篇小说《海鸥》,你读过了吗?我们青年同志们正在学习这本书,如果你读过了,我想提出一些问题和你讨论。

答:我读过了。自从这本书的中译本出版以来,各地报刊上已经有不少的评介文字。我想,这些文字里的基本论点和分析都是正确的。为了避免重复,我希望我们谈得比较广泛一些。

问:我们知道《海鸥》的作者,是一个为了人民的事业遭致残废的人,他的作品,不能不引起我们特别的尊重。请问:一个作家的品质,是否和他的作品有直接的关系？或者说，这种关系通常是用一种什么形式表现出来？

答：一般地说，作家的品质应该已经表现在他的作品里。例如《海鸥》，虽然作者主要是创造了卡佳和其他英雄人物的形象，用这些形象体现了他们的多种多样的优秀品质。虽然，作者写作这一部作品，主要是根据真人真事；但是，我们不能说，在这些英雄人物的身上、在这些人物的多种多样的优秀品质里，就没有作者自己的东西，没有在他身上已经体现过的东西。这从有关作者的传记材料里就可以理解到了。其他大体上以真人真事为依据的作品，也是这样。作者如果完全没有这些品质，或者说，对这些优秀的品质不能体会，没有同情，那他就不能表现这些品质，更不用说创造体现这些品质的英雄人物了。在一般的文学创作里，也是这样。

问：照你这样说，凡是写出伟大作品的作家，作家本身都具备优秀的品质吗？

答：我以为应该是这样的。当然，作家的时代不同，不能等量齐观。而作品哩，有的是真正伟大的、经得住时间考验的；也有的不是真正伟大的，它的"伟大"，只是一时的哄传。真正伟大的作家，例如托尔斯泰，在观点和认识上，有很大的错误，但这些错误也毫无掩饰地表现在他的作品上。他是忠实地认真地企图解决当时现实的矛盾的，真诚地怀抱着对祖国的热爱。认识的错误和品质的恶劣，是有区别的，这种区别就表现在作品里。所以，不只根据作品，很多历史材料，也证明托尔斯泰是真正伟大的现实主义作家。这些情况，可以说是文学历史上的矛盾现象。自从十月革命以来，随着经济制度和政治制度的革命，这些矛盾现象也相应地减少了。在这短短的几十年里，我们就已经读到好多部记录了伟大的真实的人生经历的作品，不只其中的典型人物可以作为我们思想行动的楷模，就是这些作者本身，也已经是我们学习的典范了，最突出的例子，就是奥斯特洛夫斯基。

问：《海鸥》的作者比留柯夫同志就是保尔型的人物，除去学习他的作品，他本身的战斗历程，也是值得我们青年学习的。我这样认识：如果把作品和作者联系起来学习，那受益就会更深刻，学习起来也就富有趣味了，你以为是这样吗？

答：我以为是这样的。在阅读一部作品的时候，应该尽可能地知道作者,知道他的主要经历和主导的思想,甚至如有可能,我们也应该知道他处事对人的态度,就是所谓在社会生活里表现的道德品质。

问:据你看,《海鸥》里写得最成功的人物是哪一个?

答:《海鸥》里写得成功的人物,不是一个,而是好几个。除去卡佳,我以为区委书记济明、卡佳的母亲、老农民米海奇写得都好。两个富农写得也深刻。当然卡佳是这部作品的主体人物,但是现在的作品,不能像古代的"骑士小说"一样,只表现一两个主角,别的人只能做他们的陪衬。古时有些小说创作出来,是为了读给一两个人听听解闷的,比如读给皇后或是贵妇人听,只要有一两个人的动听的情节就可以了。现在的作品创作出来,是为的教育广大人民。而在现实生活里,我们知道,即便是英雄人物,也不可能是独来独往,一手打天下的。卡佳作为一个共青团的区委书记或是游击队的副队长,她必须是和领导者、被领导者血肉相关,更重要的是和广大人民群众血肉相关。因此在写她的时候,就不可能用古代的手法。

问:你这样也不过是说,《海鸥》这部书里,除去卡佳这位主角,还有几个配角。

答:不是这样的意思。例如区委书记济明,我们绝不能把他当作卡佳的配角来看待。他应该也是这本书的一个主角。我这样说,不是从概念出发的,是从小说的总的表现来看的。小说给了济明这一人物以主要的成功的描写。作者是通过形象的含义来表现他的重要的。我们有些作者,在写党的领导力量的时候,就没有像这本书写得这样成功,虽然我们的作者在这一问题的概念上是很清楚的。我们是怎样来表现党的领导力量呢?平时看不到党的领导力量,一切好像都是自发的。只有在主角遇到严重困难,低下头来也想不出解决办法的时候,党支部书记才出来拍了一下他的肩膀,说了几句原则抽象的话,主角就像大梦初醒一样觉悟了,有了克服任何困难的办法和力量。究竟是怎样克服的,也很难看到,或者看起来也很平常。《海鸥》的作者在写济明的时候,用的就不是这样简便的手法。作者根据现实生活,使区委书记展开了积极性创造性的活动。活动是多方面的,是联系着人民当前的工作、生活和思想的。他在日常的工作里或是严重的关头,总是给群众想办法或是起着决定性的作用。

这种决定性，在作品里表现得很具体，最明显的一次是动员青年妇女去修筑防御工事，另一次是决定营救卡佳的战斗方略。在这些决定性的情节里，济明不是一个只会发号施令或只是会说些原则话儿的人，而是一个有智慧有能力并有自己的个性的党的领导者。党的领导通过这种成功的形象来表现，自然就会有力量了。

问：那么，我们青年主要的应该学习哪一个人物呢？

答：所谓学习文学作品里的英雄人物，主要是要我们得到正确的思想和行动的指南。这无论如何不能机械地教条地理解。我以为通过一部作品进行学习，就是指的体会作品的主题思想。这部作品的主题思想，是通过苏维埃青年日常生活和思想的锻炼，表现他们的成长过程，表现他们在卫国战争期间，积极打击敌人，不惜献出自己生命的英雄品质。作家以高贵的热诚，歌颂了这种品质。苏共中央在致第二次全苏作家代表大会的祝词里说："文学的重要而光荣的任务是以热爱劳动、勇敢、无畏、对我们事业胜利的信心的精神，以对社会主义祖国无限忠诚、随时准备给予要来破坏我国人民的和平劳动的帝国主义侵略者以毁灭性的打击的精神,来教育青年,教育青年工人、集体农庄庄员、知识分子和苏联军人。"我觉得,《海鸥》这部小说是符合这个要求的。因此,青年同志们学习卡佳和她的青年伙伴的优秀品质虽然是主要的也是自然的,但并不是说,对于例如济明、卡佳的母亲,甚至米海奇的优秀品质,就可以置之不顾,不必学习了。我认为,有些人物,当然可以说是十全十美的,有些人物,虽然他们还有些缺点,或是在哪一个时期哪一件事情上表现得不够,但是他们身上确实存在的那些优秀之处,还是值得我们学习的。《海鸥》里也不缺乏这样的人物,例如玛露霞,在最后就是英勇牺牲了的。

问:你说的自然是对的,但是,我最喜欢的还是卡佳。请你谈谈,我应该学习她哪些方面?

答:当然卡佳是值得喜爱的人物。如果问到应该学习她哪些方面,有些文章里已经谈过了,我不妨再谈一下。我以为应该学习的是卡佳的整体,而不是她的哪一个方面。当然学习她的一个方面也是好的,但读起书来,这却很困难:你想要个什么,英雄人物就给你个什么。例如卡佳的群众观点,当然是很好的,但在学习这一点的时候,我们从书里看到这虽不是她先天就带来了的，却是有历史根源和发展过程的。卡佳出身贫农的家庭，她从小有个想叫大家生活得更好的崇高愿望，在这一愿望面前，她做了种种艰苦的追求和努力。以后，她当乡村的图书管理员，她领导耕种田地，都是创造性地工作着，热诚地替大家谋福利。她也犯过错误，经过痛苦的反省，例如在对待难民的问题上。更主要的是济明随时随地给了她很多良好的影响，她时时刻刻得到监督和启发。她虽然是一个英雄人物，但是作者时刻也没有忘记，只有通过广大人民的同心协力，她的智慧、努力和愿望，才得实现，才能发挥最高的效能。这一点在她"传信"的时候，写得最好，是真实的史诗。所以学习卡佳的群众观点，是应该从这个整体的也就是历史的幅面上来学习的。学习别的人，也应该这样看法。在书本里，优秀的品质，不是一块糖，拿过来就可以放在嘴里。优秀的品质，都经过锻炼的过程，并且要经受得起考验的。所以我说，学习书本里的英雄人物，同时还要学习实际生活里的别人的优点，互相对证，互相补充，再经过自己在生活工作里的努力实践，那收获才是最宝贵的。

问：我实在喜欢卡佳，她的优点太多了，我希望你能再摘出一点来谈谈。

答：我觉得卡佳最高贵的品质是在保卫祖国的神圣职责上，表现得无限忠诚。她临难不苟，绝不向敌人屈服。关于这一点，有的青年同志提出过卡佳牺牲得值不值的问题。我以为她的死是很光荣很值得的。她的传信工作，已经发生重大的影响，她临死之前所表现的忠贞，激起了人民很大的力量，销毁了敌人的气焰。死，是很严肃的问题，我国古话：死有轻于鸿毛，有重于泰山，也就是从这种严肃性立意的。英雄夏伯阳死于敌人的袭击；英雄奥斯特洛夫斯基死于用尽一切生命机能之后；英雄黄继光死于抵住敌人炮火，掩护部队前进；英雄邱少云死于为了不暴露目标忍受烈火焚身；刘胡兰死于民族的仇恨；罗盛教死于国际的爱。死的情形虽有不同，但他们都是为共产主义所教养，都是为革命的人道主义所鼓舞，献出了自己的生命的。他们那伟大的献身精神，都建立在坚定不移的革命人生观之上，建立在日常的锻炼和修养之上，这是没有分别的。他们的精神都是可以垂教后世的。卡佳的死，也是这样。至于说她的被捕，是否有些麻痹大意，这也只能是作为经验教训来看的问题，不能影响对卡佳的评价。

问：我希望你就卡佳关心青年群众这一点，多谈一些，因为我是做青年团工作的。

答：对于做青年组织工作的同志们，卡佳尤其是一个很好的榜样。卡佳工作得很积极。积极这一点，还是比较好学习来的，比如按照上级布置，定期完成计划。但同时，卡佳是在那里创造性地工作着，以身作则地工作着，苦思钻研地工作着，甚至忘我忘家地工作着。这些地方，学习起来就比较困难了，这正是我们应该好好学习的地方。我们还很少关心别人。我有这样一种看法，我们有些做青年组织工作的同志，他们倒不是不想把工作做好，但他们把培养积极分子，看成好像在雨后的树林里采蘑菇，或是在退潮的海岸上捡贝壳一样轻松。他们愿意这些积极分子都是现成货，随手拿来，不用土壤，不用水也不用阳光，就可以"培养"出来。卡佳不是这样，她注意同志们的困难处境，也善于了解他们的苦恼心情，她是以体贴的心情，帮助他们进步的。人是很复杂的，对待青年人，我觉得她这种做法是好的。我们尊重人的个性发展，对一个人不尊重不理解，只能助长他的个性趋向偏激。

但是，卡佳也并不是轻易就原谅同志们的错误的，只有在那一个同志真正觉悟到自己的错误而深深痛悔的时候，她才愉快地原谅了他们。

问：你对这本书里卡佳和费嘉的恋爱，怎样看法？恋爱在这本书里占有怎样的比重？

答：我觉得卡佳同费嘉的恋爱，在这本书里占的比重并不大，正像正当的恋爱在正常的生活里占有的比重一样。我觉得，在那样严峻的斗争里，不可能有过多的恋爱情节，作者这样写是很严肃的、合乎情理的。有的书里，过多地描写了爱情生活，那只有是在太平年月吧，但即使是太平年月，构成人的生活的主要部分的，也不会是这个。如果把恋爱认为是人生主要的部分，是文学作品里必不可少的部分，或者在读书的时候，专门去寻找这些情节，那就错了。

问：从创作的观点，你对这本书总的看法如何？

答：我认为这本书写得很朴素，很真实，故事进展得很自然，场面接连得很紧凑。有很多章节，十分动人。

一九五五年二月二十一日

第二辑

《亲家》

　　这本集子包括《亲家》《抽地》《腊梅花》三个短篇，内容都是关于晋察冀农民和土地问题的。《抽地》和《腊梅花》在抗日期间写成，我觉得这点很值得注意。作者在那伟大的以农民为主体的民族战争里，就注意到这个实际上是根据地人民生活思想的主要变动了。

　　我们的抗日战争不能从那一个长时期在农村中兴起的风云分开。农民在炮火中，在严重的生死考验里，在生产，甚至在一九四一年以后那几年的苦难灾荒里，觉醒并巩固了对土地的要求。

　　农村处在反抗日本帝国主义和削弱封建势力的错综

复杂的斗争里，农民，以及由农民产生的担负重大革命任务的干部们，都是在这个斗争里受到教育并成长起来。

抗日期间，我们写的抗战故事多，有时联系到农村中一些风习的变革，例如婚姻自主，文化娱乐等。深入并生动地写出农村的土地斗争中阶级关系的重大变化，像这本集子所表现的，还不多见。

自然，平分以后，关于农村的作品多了。但我觉得在抗日期间，我们在农村工作里打下的基础，是很可宝贵的，应该反映的。

在反映这一点上，我觉得康濯做得很好，他的作品全部都是写的晋察冀，阜平、平山一带的农民故事。

关于阜平，我们想起来，那在全中国，也算是最穷最苦的地方。好年月，农民也要吃几个月的树叶。回想起来，那是怎样"烂酸菜"呀，连点盐也是不放的。但是阜平，在我们这一代，该是不能忘记的了，把它作为摇篮，我们在那里成长。那里的农民，砂石，流水，红枣，哺育了我们。

作者头戴一顶毡帽头，身披一件蓝粗布袄，在这一段山路上，工作了该是十年吧。作者对这一带农民的生活很熟悉，特别熟悉他们的斗争生活。

十年来，他熟悉了这一带的语言，并在文字上掌握了。

在目前我们的文学作品里，有一种是以故事见长，有一种是以生活见长。《亲家》属于后者。

如果只是故事，不能更磅礴、更深入地联系到人民的生活的本质变动，不能反映党的政策、党的组织领导力量，在社会各个阶层、各种人物身上所引起的变化，兴起的作用，如果故事只是动听和新奇，那自然不是现实主义创作方法的最高要求了。

在这本集子里，农民的形象是多样的，有受多年封建残害的老一代，有在斗争里站立起来并学会领导的干部，有新的在自由天地里飞翔的年幼的一群，这几种形象被同一个强烈的光芒照耀，这就是中国共产党在农村的政策和教育。

在光芒的照射抚育下面，引起变化的，不只是农民的生活形态，也包括思想感情、文化和语言。

作者表现这些农民生活的成功地方是丰富、精细而生动。

一九四九年九月

《作画》

这几天，我读完了韩映山的散文集《作画》。这是我很喜欢读的一本书，韩映山的散文，写得很是轻松，愉快，流畅，活泼。

我在白洋淀一带生活过，那时我在安新县同口镇完全小学校教书，白洋淀边这个村镇的那种明丽景色，早晨晚上从野外吹来的那种水腥气味，小镇上人们的各种劳动和生活，留下了深刻的印象。

我在那里居住的时间很短，那时在乡下教书，接触群众的机会并不多，每天上五六个小时的课，还要准备教材、批改作业，连出门散步的时间也很少。

韩映山所写的正是这一带人民的生活。白洋淀是他的家乡，他从小在这里长大。后来，他开始写作了，又回到那里，去体验人民新的生活，观察人民新的面貌。作者在后记里说："家乡的一草一木都无比的亲切，感到生活里有一种诗的、美的东西，时时在冲击着我，我想尽力捕捉住它们，想描绘下乡亲们那朴实忠厚的面影；渲染上淀水和庄稼的色彩。我力求把他们写得朴素，自然，亲切，感人。"他确是这样做了，而且做得比较出色。

其中有几篇我是很喜欢的。例如《渡口》《雪里还家》《串亲》《下放前夕》《作画》。这几篇，比较这本集子前边那几篇，作者的视野扩大了，在短篇的形式上，也作了多样的探讨和追求。因此，这几篇所表现的人民的劳动和生活，思想和情绪，就更能够给人一种厚重的感觉。

当我读这本集子前边那几篇的时候，我曾经有过这样一种感觉：作者把这一带农民的劳动和生活，思想和情绪，写得太单纯了。他只是用力"捕捉"着所谓"美"的或有"诗意"的东西，他所注意的只是一些自然景色，或是一些劳动场面。自然景色是很美丽的，劳动场面是很欢腾的，但是读过以后，那天边的晚霞很容易消逝，欢笑的声浪，也跟着工作的结束停止了。就是说，这些作品给人的感觉是轻淡的，不能长久存留的。

曾经有一个时期，有些评论家在一些人的作品里，发现了所谓"独具风格""诗情画意""抒情诗""风景画"，甚至"女人头上的珠花"。我读了这些评论，有时感到很是茫然。按说，什么作家都是有他自己的风格的，这里所谓"独具风格"，究竟是些什么内容？有些评论，不是从作品的全部内容和它的全部感染力量着眼，不是从作品反映的现实，所表现的时代精神，以及人民在某一时期的思想感情着眼，而仅仅从作品的某些章节和文字着眼，使得一些读者在阅读这些作品的时候，就只是去"捕捉"美丽的字句，诗意的情调。在他们开始写作的时候就不知不觉地受到影响。

不妨打这样一个比喻：有一只鸟，凌空飞翔或是在森林里啼叫，这可以说是美的，也可以说富有诗情画意。但这种飞翔和啼叫，是和鸟的全部生活史相关联的，是和整个大自然相关联的。这也许关联着晴空丽日，也许关联着风暴迅雷。如果我们把这些联系都给它割断，把这只鸟"捕捉"了来，窒其生机，剖除内脏，填以茅草，当作一个标本，放在漂亮的玻璃匣子里，仍然说这就是那只鸟的"美"，这就是它的"诗情画意"。这就失之千里了。

抽刀断水不可能，断章取义是很容易的。每个人都可以根据他的爱好，他的需要，在一本书里寻章摘句，并且一定能有满意的收获。有些人在评论作品的时候，常常就是用这种办法，这种办法很简便，但带有很大的主观成分。对于"风景画"，这样去割裂，关系还小，如果对于贵重得多的"大幅油画"，就是常说的"高大形象"，也这样去做，那损失不是就很严重了吗？

在韩映山的一些作品里，我也感到：不应该把所谓"美"的东西，从现实生活的长卷里割裂出来。即使是"风景画"吧，"抒情诗"吧，也应该是和现实生活，现实斗争，作者的思想感情，紧紧联系在一起。美，绝不是抽象的东西，也绝不是孤立的东西。必须在深刻反映现实并鲜明表现着作者的思想感情，即他的倾向性的时候，美才能产生，才能有力量。美永远是有内容的，有根据的，有思想的。

我能看出,韩映山感觉到了这一点,并逐渐向深厚方面努力。他在叙述、描写和人物对话里,从中国的古典文学,学到了不少东西。在作品的结构方面,也从外国古典文学,学习到一些有益的东西。"取法乎上",我想会给他的创作带来很大好处。

学习语言和表现方法,能够扩大作者的视野,能够加深作者的思考,能够引导作者从更多的方面,更深的尺度,去研究人民的生活、生产、斗争。

韩映山的艺术感觉很灵敏,他的联想力很丰富,他对于人民的生活和他们的命运,有一颗质朴善良的心。他对于家乡人民思想的进步和生活的美满,有着崇高的赞颂热情。

在文字方面,他有很多准确而生动的描写,但有些词句,有时处理得还不够圆满妥当,有的描写太重复。在他的作品里,笑声几乎是不断的,在这本书里,我没有听到一点哭声。在不断的欢笑声中,有时加上一点关于过去艰苦生活的回忆,但这些回忆写得比较空虚。此外,爱情的场面多了一些,这可能和作者的年龄有关。

我和映山认识,最初是在保定,那时他还是一个少年，长得很瘦弱。自我病后，就很少见到他，也很少读到他的作品。今年见到他长得高大，写了很多东西，我心里感到很高兴，就写了以上这些话。

一九六二年八月二十四日夜记

读作品记(一)

《蒲柳人家》 中篇 刘绍棠作 载《十月》一九八〇年第三期

绍棠敦于旧谊，每有新作，总是热情告我，希望看看。而我衰病，近年看新作品甚少。他奋发努力，写得又那么多，几年来，长、中、短篇，齐头并举，层出不穷。我只看过几个短篇，也没有提出具体意见。前不久，他签字寄来载有此作的《十月》一册，并附信。我感到实在应该认真读读他的新作了。用两个整天，读完。我视力弱，正值阴雨，室内光线不足，我多半站在窗下，逐亮光读之。

读毕，本想写篇短文。当时因事务多，只把联想到的意见，提纲告他。后又因发生严重晕眩，遂稽迟至于今日。心实愧之。

绍棠幼年成名，才气横溢，后遭波折，益增其华。近年来重登文坛，几个长篇，连载于各地期刊，成绩斐然。今读此作，喜欢赞叹之余，觉得有下面几个问题，可以同他商榷。这些问题，有的与绍棠之作有关，有的无关，是提出和他讨论。

绍棠对其故乡，京东通县一带，风土人物，均甚熟悉，亦富感情。这是他创作的深厚基础。然今天读到的多系他童年印象，人物、环境比较单纯，对于人物的各种命运，人生的难言奥秘，似尚未用心深入地思考与发掘。人物必与社会风貌关联，才能写出真正时代色彩。绍棠的作品，时代色彩，并不凝重。人物刻画，重在内心，从内心反映当代社会道德伦理，最为重要。然做到此点，不似风花雪月描写之易于成功。在作品中，人物必须与社会结构、社会风尚结合起来写。不如此，所谓时代色彩，则成为涂饰标签，社会、时代、人物，不能实际融为一体。

此中篇，几个主要人物，都写得有声有色，然结构稍松，总体无力，其原因在此。这是高要求，我对于此点，也只是高山仰止，不得其途而进也。

爱情故事，为古今中外文学作品所共有，名著亦然。于是有人把爱情定为文学永久主题之一。其实似是而非。就文学史观之，传世之作，固有爱情；而专写爱情者，即所谓言情小说，产量最多，而能传世者甚为稀少。作品之优劣，读者之爱弃，自不在此。

饮食男女，人之大欲存焉。这只是从生理上说。文学作品固然不能忽视生理现象，然所看重者为心理、伦理现象。伟大作品之爱情，多从时代、社会、道德、伦理着眼，定为悲剧或喜剧的终极。小说之红楼，戏剧之西厢，无不如此。其他，如《牡丹亭》形之于梦中，《聊斋志异》幻之于狐鬼，虽别开生面，其立意亦同。伟大作品，实无为写爱情而写爱情者。

至于"三角"之作，或小人拨乱其间，虽改朝换代，变化名色，皆为公式，不足谈也。

绍棠写爱情，时有新意，然亦有蹈故辙处。不以自己的偏爱写文章，不迁就世俗的喜好写文章，而以时代和社会的需要写文章。这是我年近七十，才得出的结论。

艺术既发源于劳动，即与人类生活现象密切相关。中间虽亦有宗教、政治影响，究以反映人生现实为主。现实主义贯穿中外文学艺术历史，这既是规律，也是事实。

在这一主流之外，尚有旁支流派。写作手法，并不求同，而贵有新的创造。但如脱离现实根本，违反规律，则虽标新于一时，未能有传久者。中国五四新文学运动以来，现实主义为其基本传统，当时师承者，除民族遗产外，主要为十九世纪东、北欧现实主义作家和作品。这些作家，除去作品深刻的现实内容外，皆富有伟大的人道主义精神，个性解放思想，社会进步要求。

随着欧美资本主义的发展，及其时时遇到的危机，人的生活，在新情况下遇到的困惑，常常迫使文学艺术，脱离常轨，产生新的派别。此种派别，时时表现为对现实的怀疑、忧虑、不满，内心的反抗。在文学的内容和形式上，形成种种反现实主义的倾向。

这些新的文学流派，在过去，也常常引进到中国来，也常常有人仿效之，宣传之。但常常不能为广大群众接受，并经不起时间考验，迅速灭亡。近几十年，各种新的主义、流派，差不多都曾在中国传播过，但能在此土生根丰茂者甚稀。

文学艺术，自有其民族传统，惟妙惟肖的写实手法，最为中国人民所喜闻乐见。此外，中国的资本主义，并未得到长足的发展，更谈不上成熟与崩溃。社会上的竞奇斗异的趣味，远不同于欧美。此后，从国外引进一些新的文学流派，自亦难免，有的群众也许爱好一时，然从艺术来说，只能说是多了一种普及的样式，并非是对艺术的提高。

三十年代，有所谓新感觉派，日本作家横光利一颇有名。中国穆时英初仿效之，后抄袭之，遂即名誉扫地，而此流派亦随之销声敛迹，不再有人称道。

横光利一有一篇小说，题名《拿破仑与疥癣》，他写拿破仑所以征服欧洲，是他的疥癣，时常发痒的结果。中国的曾国藩也患有此症，时时对人搔爬，鳞屑飞落，拍马者誉为"龙变"。难道他的敉平太平天国，也是癖的作用？小说家可以异想天开，编造故事，有时以为越新奇，越能耸人听闻，其实是自促自己作品的寿命。海外奇谈，不能代替文学。

中华民族，这块伟大的土壤，是很肥沃的，对于外来的东西，也是热烈多情的，这一点，从南北朝翻译佛经起，就可以看得出来。但是，如果把文学艺术，比作花卉，只有那些真正有生命力的，并对这块土壤的现实有所补益的，才能在它身上繁殖成活。

绍棠不尚新奇突异，力求按生活实状，自然描述，是其风格之长。然于现实主义的师法继承，似应再为专笃。

绍棠幼年，人称卓异，读书甚多，加上童年练就的写作基本功，他的语言功力很深，词汇非常丰富，下笔汪洋恣肆。但在语言运行上，有泛滥之处。词句排比过长，有失于含蓄。有所长必有所短也。读书似亦甚杂，吸收未加精选。即如卿卿我我的文风，有时也在他的文章中，约略可见。

对于作品，历史有它自己的优选法。历史总是选择那些忠实于它，并对它起过积极影响的作品。历史最正直公平，不需要虚词，更厌弃伪词。任何企图掩盖历史真相，欺世盗名的人和作品，他的本来面目，迟早要被历史揭示出来。读书，博览之外，还要有选择，评文要有高标准。

以上不算评论，原来是想再写封信，告诉绍棠的。现在编入读书记，也要先抄录一份，就正于绍棠，恐不符合实际之处甚多。年岁相差，时代先后，老的见解，总常常是保守落后的。

一九八〇年八月七日立秋节

读作品记(二)

刘心武同志十月二十日来信："今年《十月》第三期的小中篇《如意》，是我用力较多的一篇；另《新港》九月号上有我一篇《写在不谢的花瓣上》，也力图在写爱情上体现出我个人的观念，似与当前很多这方面的小说所表达的观念相悖，显得'保守'……请浏览一下。"

我手下刊物已为别人拿去，从《新港》资料室借来，二十九日晚开始阅读，当晚读完《如意》，次日读《花瓣》毕。

关于两篇小说的成功之处：

《如意》第一、二、三节，第八、九节。人物为石大爷（石义海）。

《花瓣》"十二年前的那个傍晚，我决定结束自己的生命。"以下文字。

关于小说的不成功之处：

《如意》中写"文化大革命"的部分。谁都知道，刘心武同志是以写"文化大革命"造成的创伤成名的。他写《班主任》时，"四人帮"虽已揪出，但"文化大革命"仍当作正面的东西被歌颂。他首先在文艺创作上说出：这不是绣花布，这上面有苍蝇粪，有蛆虫，有更可怕的东西，在它的掩盖下面……这是有功的，是一种创造。他的作品，是圣之时者，是应运而生的。

在我国历史上，作家也如同帝王将相，常常是应运而生的。当然也常常应运而死。远的不论，姑以近代为例：五四时代，左联时期，东北沦亡和抗战时期，土地改革和合作化时期，"文化大革命"被歌颂和被诅咒时期。每个时期，都产生它的一批作家和作品。"文化大革命"以正面形象出现的十年，实际上没有作家，在这种情况下，不可能出现真正的作家。

《班主任》所写的是"雄鸡一唱"，但毕竟是在政治上打倒了"四人帮"以后,才能出现。而更早已经有街谈巷议,有反抗斗争。我们不能要求作家,在"四人帮"横行的时候,写出这样的作品。政治总是走在前面的,"天下白"才有"雄鸡唱"。但如果老是写"文化大革命"时期那些游街、批斗、牛棚,这就又陷入了俗套。因为这些究竟还是表面的东西,是大家都司空见惯的,是"四人帮"罪恶的类型性的表现。如果写,今天则须进一步,深挖一下:这场动乱究竟是在什么思想和心理状态下,在什么经济、政治情况下发动起来的?为什么它居然能造成举国若狂的局面?它利用了我们民族、人民群众的哪些弱点?它在每个人的历史、生活、心理状态上的不同反映,又是如何?但是,写出这些,就是在当前也有困难,这需要政治上进一步的澄清,人民进一步的觉悟,需要时间的推移。

所以说,如果没有新意,可以去发掘别的地方,寻找新的矿藏。

我觉得作者能着眼这个自古以来就是藏龙卧虎、人杰地灵的北京城,并发掘出石义海这样一个带有典型性的人物,是很好的一个转变。作家不能老注视一个地方,他的眼睛应该是深沉的,也应该是飞动的。

石义海写得很好,我很喜爱这个人物。

《花瓣》中写"文化大革命"的那一段,因为是通篇作品的主脉,是前面所抒发的感情的归结,与前面透露出来的一些轻浮的笔意作对比,它就更加成为凝重的、真实的了。

关于作者的文字及其表现能力:

我以为刘心武的文字表现能力,是强有力的。《班主任》初发表时,他的文字有些僵硬,有些新闻通讯的习惯用语。从现在这两篇作品,可以看出,作者在文字语言上,极力试探、突破,作了各种尝试和努力,获得很大的成功。他的文字的功力是很深的,语言具备敏感性,读书也多,这一切都会增强作品的表现力和感染力。

鲁迅说:"油滑是创作之大敌。"语言如果只求其流利通畅,玲珑剔透,不深加凝练,则易流于油滑一途。外表好像才气洋溢,无所不包,实际是语言的浪费,对创作的损伤。《花瓣》一作,实有此苗头,不可长也。特别是写鄢迪那一段,给人以陈旧之感,这种写法,在十九世纪一些文人笔下,也并不是出色的。

文人生活,可以自嘲,但也要有节制,不能流于浮浅。鲁迅、契诃夫都曾自嘲，也写到过爱慕者，但多从社会角度出之，是严肃的讽刺。而《花瓣》所写，则若虚若实，如扬似弃，得意与失意并出，纠缠与摆脱不分，这就淹没了作品的主题，降低了作品的格调。

作家个人的生活，如不能透视出时代、社会的特点，则以少写为好。

关于作家的观念与拥有的生活内容：

任何文学作品，大的小的，成功的或失败的，都在表达作者的观念。但生活是基础，生活积累越富，理解越深的，则生活可以完全包容概念。作品表面的概念越少，其内在观念的感染力越大；反之则成为概念化的作品，失败的作品，使读者掩卷废读。观念，是"体验观察"生活而后得的"概念"，不能先有主观的概念，而后去拣选生活，组织生活，构成作品。

《如意》写石大爷所以成功，是作者对这一人物，长期相处，观察细腻，从感情上喜爱、同情、崇敬所致。写"文化大革命"的那几节，所以有些失败，是因为作者就地取材，未加深思所致。这几节如果不写这么多，这么枝节，只留下能陪衬表现石大爷的部分，则此中篇，将更完整、集中，亦将更为有力。

关于卖关子及结尾提出问题：

小说无成法，但要求紧密无间。卖关子之说，见于通俗演唱，然亦只是故作惊人，笼络听众，以利下场的生意经。到下场演出时，则完全否定了那个关子，听众也不以为怪。伟大作品，都没有关子一说，完全以生活及艺术征服读者。《红楼梦》《战争与和平》，都没有关子，只有章法。

《如意》有关子，开头的电话，中间的石大爷欲拿出来又止住等等，实可不必。

另外，小说的故事，至末了已经交代得很清楚，主题含义亦甚明了，而作者在最后忽然又提出："人们呵，听到我这哭声，愿你们能够理解！你们应当理解！"的尾声。

我读到这里，以为作者在小说里交代了什么玄妙的、一时不能看出、不能理解的哲学问题。反复思考，辗转反侧，以致失眠。后来才觉悟，作品并没有暗示着什么别的问题，不过还是那个不幸的爱情或爱情的不幸问题，或者说是有情人终于成不了眷属的老问题。

为什么又要这样画蛇添足呢？文学作品，凡是作家已经理解的东西,读者也一定能够理解。作家理解多少,读者也就理解多少。凡是作家还没有理解的东西,在作品中就形成朦胧、晦暗,从而读者也就无法理解了。

关于爱情的准则:

爱情原无准则,家庭以伦理,社会以道德、法律维护之。防范易变为桎梏,文学又歌颂本性之爱。曹雪芹对于爱情参悟透了,他写了木石之盟、金玉良缘以下的,诸如焙茗和万儿、秦钟和智能的爱情。爱情式样,有数十种,皆为悲剧。后人所写,不过随时代、风习的变化,交换背景,而实质无出其右者。爱情与社会风尚、伦理观念、人物个性,结合起来写,才有意义。在爱情问题上,创造出一种新的观念,我以为是很困难的。

每个作家都有自己的起点,不要轻易抛弃自己基本的东西。刘心武同志的起点,应该说是《班主任》。在前进的道路上,在追求、探索的同时,应该时时回顾自己的起点,并设法充实它。如此开拓自己的前路,形成自己的艺术风格。

以上,已是枝节之谈。感于刘心武同志的诚挚来信，谨抒个人的浅薄见解，以就正于他。所谈，自信也是出于真诚的，因此也就很坦率，有很多需要商讨之处。

一九八〇年十一月一日晨

读作品记（三）

刘绍棠、林斤澜、刘心武三位作家，来天津讲学。十二月二日下午，枉顾寒斋，谈了一个下午，非常愉快。

绍棠是熟人，心武虽初次见面，前些日子已有书信往还，并读过他一些近作。林斤澜同志过去没有接谈过，他的作品，读得也少，因此，这次相聚，我特别注意他对文学的见解。

谈话间，斤澜同志提出了创作规律这个问题。我说，这是一个理论问题，但主要是一个实践问题，应该从一些作家的文章中去寻找答案。比如托尔斯泰、契诃夫、鲁迅的日记、书信、序文。至于一些理论家的文章，对于读者分析作品，用处大些，对于作家来说，则常常不易使人满意。斤澜同志说，创作规律，是否就是"真情实感"四个字。我说是这样。这四个字很重要，但还包括不了规律的问题。规律这个问题很难答复，乍一问，我也回答不清楚，不能装腔作势，就说我懂了。后来谈到语言问题。心武同志说，人物的对话，似乎有章可循。叙述的语言，则比较难办。我说，语言问题，是创作的一个中心问题，因为作为文学，语言是它的基本要素。但它并非单纯是一种资料，它与生活、认识，密切相关。对于语言，应该兼收并蓄，可以多读文学以外的杂书，比如历史、地理，各类学科的书。我叙述了我养病那些年，读了不少《东华录》、《明清档案》、《宦海指南》、《入幕须知》、朱批谕旨这类的书。清朝官书的语言很厉害，有刀笔风味。比如朝廷申饬下属，常用"是何居心，不可细问"这句话，这一句话，就常常能使一些达官贵人，濒于自杀的绝境。不能只读外国小说，语言还是以民族语言为主，"中学为体，西学为用"。

　　我说，语言的运用，应该自然。艺术创作，一拿架子，即装腔作势，就失败了一半。但能做到自然，是很不容易的。中国的白话文，虽有不少典范，也在不断进步，我们只要逐步阅览五四以来的作品，就会看出这一点。

有些作品能流传，有些不能流传，这里面就有个规律问题。比如萧红的作品，她写的也并不是那么多，也没有表现多少重大的题材，也没有创造出多少引人注目的高大形象，可是她的作品，一直被人们爱好，国内外都有人在研究，这是一个什么规律？

我以为创作规律，归纳起来，可以包含如下内容：

一、作者的人生观。（或称世界观、宇宙观。对文学来说，我以为人生观较恰切。）过去，不管作品里的鸡毛蒜皮，评论家都要联系到世界观。这二年，世界观这个词儿，忽然从评论文章中不见了，不知是怎么回事。人生观是作品的灵魂；人生观的不同，形成了文学作品不同的思想境界。最明显的如曹雪芹、托尔斯泰。作者对人生的看法，对人生得出的结论，表现在作品之中，这是如何重要的东西，怎么能避而不谈？

二、生活的积累。

三、文字的表现能力。

谈话中间，我说，现在的吹捧作风，很是严重。我对绍棠、心武说，如果有人给你们抬轿子，我希望你们能坐得稳一些。我说，我幼年在农村度过，官坐的轿我没有见过，娶媳妇的轿，我见得不少。这是一种民间表演艺术，和吹鼓手一样。在野外，还没有什么，他们走得很自然。一进村庄，当群众围观的时候，他们的劲头就来了。这些抬轿子的人，虽然也是农民，是一种业余活动，但并不是每一个人都能仓促上阵的，他们训练有素。进街之前，他们先放下轿子休息一下，然后随着吹鼓手的"动乐"，他们精神抖擞起来。前呼后应，一唱一和，举足有度，踢踏中节。如果抬的是新娘坐的花轿，那步子走得就更花哨，脸上的表情，也就更来劲儿。

也不能忘记那些职业的吹鼓手，他们也是在通过夹道围观的人群时，大显身手。吹喇叭的坐在车厢上，一俯一仰，脸红脖涨，吹出的热气，变成水，从喇叭口不断流出来，如果是冬天，就结为冰柱。他们的调子越来越高，花腔也越来越多，一直吹到新人入了洞房。如果是丧事，则一直吹到死者入了坟墓。

庸俗的吹捧，只能助长作家的轻浮，产生哗众取宠的作品。它不能动摇严肃作家的冷静的创作态度。

这次会见，三位作家都送给我书，斤澜同志送的是他的小说选集。当天晚上，我即开始阅读，是从后面往前看。已经读过的，计有：《记录》《拳头》《阳台》《一字师》《开锅饼》，共五篇。

我首先注意了他的师承。在斤澜的作品中，可以看到，他主要是师法鲁迅，此外还有契诃夫、老舍。在继承鲁迅的笔法上，他好像还上溯到了俄国的安特列夫、迦尔洵，以及日本的夏目漱石、芥川龙之介等。这些作家，都是鲁迅青年时代爱好的，并受过他们的一些影响。这些作家都属于现实主义，但他们的现实主义，带有冷静、孤僻，甚至阴沉的色彩。我们知道，鲁迅很快就脱离了这些作家，扬弃了那些不健康的东西，转而从果戈理、契诃夫、显克微支那里吸取了富有内在热力、充满希望的前进气质，使自己的作品，进入承前启后，博大精深的一途。

斤澜的小说，有些冷僻，像《阳台》一篇，甚至使人有读陀思妥耶夫斯基作品的感觉。斤澜反映现实生活，有时像不是用笔，而是用解剖刀。在给人以深刻感的同时，也带来一些冷酷无情的压抑感。

很明显,斤澜在追求那种白描手法。白描手法,是要求去掉雕饰、造作,并非纯客观的机械的描画。如果白描不能充分表露生活之流的神韵,那还能称得起是高境界的艺术吗?斤澜的白描,冷隽有余,神韵不足。

在谈话时,斤澜曾提出创作时,是倾向客观呢,还是倾向主观?当时我贸然回答,两者是统一的。看过他一些作品,我了解到斤澜是要求倾向客观的。他有意排除作品中的作家主观倾向。他愿意如实地、客观地把生活细节,展露在读者面前,甚至作品中的一些关键问题,也要留给读者去自己理解,自己回答。如《开锅饼》中的猪中毒。但完全排去主观,这是不可能的,即使自然主义的作家,也不能做到这一点,他们的作品中,还是有作家的主观倾向。有意这样做,只能使作品流于晦暗。另外,这样做,有时会留下卖关子、弄技巧的痕迹。

斤澜的作品中,有幽默的成分。幽默是语言美的一种元素,并不是语言美的整体。老舍以其语言的圆熟功力,对北京话得天独厚的储藏,以及所表现生活的历史特征,使他在这一方面,得到很大成功。但是,就是老舍，在幽默的运用上，有时也使语言的表现，流于浮浅。斤澜在语言方面，有时伤于重叠，有时伤于隐晦，但他的幽默，有刻画较深的长处。

我读斤澜的作品很少，以上只能说是管窥之见。我深切感到，斤澜是一位严肃的作家，他是真正有所探索，有所主张，有所向往的。看来，他也很固执，我并不希望我的话能轻易说服他。

在我们的既繁荣又荒芜的文学园林里，读斤澜的作品，就像走进了别有洞天的所在。通向他的门户，没有柳绿花红，有时还会遇到榛莽荆棘，但这是一条艰辛开垦的路。他的作品不是年历画，不是时调。青年人，好读热闹或热烈故事的人，恐怕不愿奔向这里来。他的门口，没有多少吹鼓手，也没有多少轿夫吧。他的作品，如果放在大观园里，它不是怡红院，更不是梨香院，而是栊翠庵，有点冷冷清清的味道，但这里确确实实储藏了不少真正的艺术品。

看来，斤澜是甘于寂寞的，他顽强地工作着，奋发地开拓着。在文艺界，有人禁耐得十年寒窗的困苦煎熬，禁耐得十年铁窗的凌辱挫折，却禁耐不得文艺橱窗里一时的冷暖显晦，这确是文人的一个致命弱点，也是我们的作品常常成为大路货的一个原因。

　　在深山老峪，有时会遇到一处小小的采石场。一个老石匠在那里默默地工作着，火花在他身边放射。锤子和凿子的声音，传送在山谷里，是很少有人听到的。但是，当铺砌艺术之塔的坚固、高大的台基时，人们就不能忘记他的工作了。读斤澜的创作，就给我留下这样一种印象。

一九八〇年十二月七日

读作品记（四）

春节之前，大光陪同宗璞同志来访，我因为事先没有拜读过她的作品，言不及义，惭愧不安者久之。后收到《小说选刊》八一年二月号，上载宗璞小说《鲁鲁》一篇，遂放置案头。昨日上午大光又携宗璞嘱交我看的诗作来，午饭后读过诗作，并将《鲁鲁》读毕。

这篇小说，给我留下三方面的印象，都很深刻：一、作者的深厚的文学素养；二、严紧沉潜的创作风度；三、优美的无懈可击的文学语言。

仔细想来，在文学创作上，对于每个作家来说，这三者都是统一不可分割的，是一个艺术整体。

作为文学作品的第一要素的语言,美与不美,绝不是一个技巧问题,也不是积累词汇的问题。语言,在文学创作上,明显地与作家的品格气质有关,与作家的思想、情操有关。而作家对文学事业采取的态度,严肃与否,直接影响作品语言的质量。语言是发自作家内心的东西,有真情才能有真话。虚妄狂诞之言,出自辩者之口,不一定能感人;而发自肺腑之言,讷讷言之,常常能使听者动容落泪。这是衡量语言的天平标准。

历史证明,凡是在文学语言上,有重大建树的作家,都是沉潜在艺术创造事业之中,经年累月,全神贯注,才得有成。这些作家,在别的方面,好像已经无所作为,因此在文学语言上,才能大有作为。如果名利熏心,终日蝇营,每日每时,所说和所听到的,都是言不由衷,尔虞我诈之词,叫这些人写出真诚而善美的文学语言,那简直是不可能的事。

宗璞的文字,明朗而有含蓄,流畅而有余韵,于细腻之中,注意调节。每一句的组织,无文法的疏略,每一段的组织,无浪费或蔓枝。可以说字字锤炼,句句经营。那天谈话,我对她谈了文学语言的旁敲侧击和弦外之音的问题。当我读过她这篇作品之后，我发现宗璞在这方面，早已做过努力，并有显著的成绩。这样美的文字，对我来说，真是恨相见之晚了。

当然，这也和她的文学修养有关。宗璞从事外语工作多年，阅读外国作品很多，家学又有渊源，中国古典文学的修养也很好。五四以来，外国文学语言，一直影响我们的文学作品。但文学的外来影响，究竟不同衣食用品，文学是以民族的现实生活为主体的，生活内容对文学形式起着决定性的作用。以昆虫为比，蝉之鸣于夏树，吸风饮露，其声无比清越，是经过几次蜕变的。这种蜕变，起决定作用的，绝不是它蜕下的皮，而是它内在的生命。用外来的形式，套民族生活的内容，会是一种非常可笑的做法，不会成功的。

宗璞的语言，出自作品的内容，出自生活。她吸取了外国语言的一些长处，绝不显得生硬，而且很自然。她的语言，也不是标新立异，是在前人的基础之上，有所创造，有所进展。我们不妨把五四时代女作家的作品，逐篇阅读，我们会发现，宗璞的语言，较之黄（庐隐）、凌（叔华）、冯（沅君）、谢（冰心），已经有了很大的不同，也就是有了很大的发展。因此，她的语言,虽是新颖的,并不给人一种突兀的感觉,使人不习惯,不能接受。和那些生搬硬套外来语言、形式,或剪取他人的衣服,缝补成自己的装束,自鸣得意,虚张声势,以为就是创作的人,大不相同。

《鲁鲁》写的是一只小犬的故事。古今中外,以动物作为主人公的文学作品,并不少见。但一半是寓言,一半是纪事。柳宗元写动物的文章,全是寓言,寓意深远。蒲松龄常常写到动物,观察深刻,能够于形态之外,写出动物的感情。纪昀在《阅微草堂笔记》中,有一节写到犬,我读后,以为那是过激之作,是阅历者的话,非仁者之言,不应出自大儒宗师之口。

宗璞所写,不是寓言,也不是童话,而是小说。她写的是有关童年生活的一段回忆。在这段回忆里,虽然着重写的是这只小犬,但也反映了在那一段时间,在那一处地方,一个家庭经历的生活。小犬写得很深刻、很动人,文字有起伏,有变化。这当然是作者的亲身经历,并非听来的故事。小说寄托了作家的真诚细微的感情,对家庭的各个成员,都作了成功的生动描写。

把动物虚拟、人格化并不困难，作家的真情与动物的真情，交织在一起，则是宗璞作品的独特所在。

遭到两次丧家的小狗，于身心交瘁之余，居然常常单身去观瀑亭观瀑，使小说留有强大的余波，更是感人。

这只小动物，是非常可爱的。作家已届中年，经历了人世沧桑、世态炎凉之后，于摩肩擦踵的茫茫人海之中，寄深情于童年时期的这个小伙伴，使我读后，不禁唏嘘。

我以为，宗璞写动物，是用鲁迅笔意。纯用白描，一字不苟，情景交融，着意在感情的刻画抒发。动物与人物，几乎宾主不分，表面是动物的悲鸣，内含是人性的呼喊。

一九八一年二月十一日

读作品记（五）

收到《人民文学》一九八一年四月号，上载舒群同志的一篇小说，题名《少年chén女》。当天晚上，我几乎是一口气读完了。这是一篇现实主义的小说，有着特殊的表现技巧。是一篇有生活、有感受、有见解的作品。它的结构严紧自然，语言的风格，非常特异。当我阅读的时候，眼里有时充满热泪，更多的时候，又迸出发自内心的笑声。

很多年，不见舒群同志了，有三十几年了吧。在延安鲁艺，我和他相处了一年有余的时间。那时他代理文学系主任。我讲《红楼梦》，舒群同志也去听了。

课毕，他发表了一些意见，其中有些和我不合。我当时青年气盛，很不以为然。我想，你是系主任，我刚讲完，你就发表相反的意见，这岂不把我讲的东西否了吗？我给他提了意见。作为系主任，他包容了，并没有和我争论。我常常记起这一件事，并不是说舒群同志做得不对，而是我做得不对。学术问题，怎么能一人说了算数，多几种意见，互相商讨，岂不更好？青年时意气之争，常常使我在后来懊悔不已。在延安窑洞里，我还和别的同志，发生过更严重的争吵。但是，这一切，丝毫也没有影响同志间的感情。离别以后，反因此增加很多怀念之情，想起当时人与人之间的关系，觉得很值得珍惜。那时，大家都在年少，为了抗日这个大目标，告别家人，离乡背井，在根据地，共同过着艰难的战斗生活。任何争吵，都是一时激动，冲口而出，并没有任何私心杂念或不可告人的成分在内。非同十年动乱之期，有人为了一点点私人利益，大卖人头，甚至平白无故地伤害别人的身家性命。当然，革命方兴，人心向上之时，也不会有使这种人真相大白的机会。我想，对于这种人，一旦察看清楚，不分年龄、性别、出身，最好是对他采取敬而远之或畏而避之的态度。这也没有别的意思，不过仍是弱者暂时自全的一种办法，就像童年时在荒野里走路防避虫咬蛇伤一样。

有了这种体验，我就更怀念一些旧谊。在鲁艺时期，舒群同志照顾我，曾劝我搬进院内一间很大的砖石窑洞，我因为不愿和别人同住没有搬。我住的是山上一间小土窑，我在窑顶上种南瓜，破坏了走水沟，结果大雨冲刷，前沿塌落，险些把我封闭在里面。系里伙养着几只鸡，后来舒群同志决定分给个人养。我刚从敌后来，游击习气很重，不习惯这种婆婆妈妈的事，鸡分到手，就抱到美术系，送给了正要结婚的阎素同志，以加强他蜜月期的营养。想起这些，也是说明，舒群同志当时既是一系之主，也算是个文艺官儿，有时就得任劳任怨，并做些别人不愿做的事务工作。

他是三十年代初期，中国文坛新兴起的东北作家之一。家乡沦亡，流落关内，发表了不少有影响的短篇小说。现在我能记忆的是一篇小说的结尾：一个女游击战士，从马上跳下，裤脚流出血来，同伙大惊，一问才知道并不是负了伤，而是她的经期到了。当时我读了，觉得很新奇。为什么这样结尾呢？现在看来，这或者是舒群同志的偏爱,也或者是现在有些人追慕的一种弗洛伊德的意识手法吧?

说来惭愧,近年来因为身体不好,视力不佳,自己又不写这种体裁,我很少看小说。但知道这几年短篇小说的成绩,是很不错的。收到刊物,有时翻着看看插图,见到男女相依相偎的场面多了,女身裸露突出的部分多了。有些画面,惊险奇怪,或人头倒置,或刀剑乱飞,或飞天抱月,或潜海求珠。也常常感叹,时代到底不同了。与"四人帮"时代的假道学相比,形象场面大不一样了。但要说这都是新的东西,美的追求,心中又并不以为然。仍有不少变形的、狂想的、非现实的东西。有时也翻翻评论。有些文章,吹捧的调子越来越高,今天一个探索,明天一个突破。又是里程碑,又是时代英雄的典型。反复高歌,年复一年。仔细算算,如果每唱属实,则我们探索到的东西,突破的点,已经不计其数。但细观成果,好像又不是那么回事。这些评论家,也许早已忘记自己歌唱的遍数了。因此使我想到:最靠不住的,是有些评论家加给作家的封诰和桂冠,有时近于江湖相面,只能取个临时吉利。历史将按照它的规律,取舍作品。

有时也找来被称作探索的作品读一读，以为既是探索，就应该是过去没有的东西。但看过以后，并不新鲜，不仅古今中外，早已有之，而且并没有任何进展之处，只是抄袭了一些别人身上脱落的皮毛。有些爱情的描写，虽是竭力绘声绘形，实在没有什么美的新意在其中，有时反以肉麻当有趣。

类似这些作品，出现在三十年代，人皆以为下等，作者亦自知收敛，不敢登大雅之堂，今天却被认为新的探索，崛起之作，真叫人百思不得其解。

文学作品，成功与否，有无力量，不在你描写了什么事物，而在你感受到了什么事物，认识理解了什么事物。所以，当我读到舒群这篇小说，就感到与众不同，是一篇脚踏实地的作品。

他写的并不是什么所谓重大的题材，也不是奇特的惊人案件，也不是边疆风光，异国情调。他所写的，简直可以说是到处可以见到的生活，是宿舍见闻，是身边琐事，是就地取材。但以他对这一生活的细密观察，充分认识，深刻感受，就孕育了当代生活中的一个重大主题，一个震撼人心的故事，一个大量存在，而亟须解决的社会问题。

小说用了日记体的形式。问题不在于用什么形式，而在于形式能否为要表现的生活服务，能否与作品的生活内容水乳交融，互相生发。

这篇小说的结构是很紧严的，进展得合情合理，非常自然。

近些年来，有些评论家大谈小说的情节与细节，有很多脱离实践，不着边际，成为一种烦琐哲学。对创作不会有利，只会有害。

作品主要的基础，是现实生活和作家对生活的感受和认识。如果作者并没有这种生活经历，或有所经历而没有感受，或虽有感受而没有真正理解，他是不会构思与组织能以表现此种生活的情节或细节的。强加情节于并不理解的生活之上，将丝毫无补于生活的表现，反而使生活呈现枯萎甚至虚假。情节，是生活之流激起的层层波浪，它是从有丰富生活基础并对它有正确理解的作家笔下，自然流露出来的。

日记从阳历元旦开始。最初所写，不过是添买一辆自行车的家庭琐事。从细小家务中，引出这一家庭不幸遭遇，为整个故事，打好了逐步建设的根基。第二节展示了新建住宅区的风景画，其目的在于引出那一群戴雪白口罩和褪色头巾的女孩子们。第三节，借第一人称的老人晨起打拳之机，进一步描写了作为女主角的女孩子，并与老人家庭联系起来。第四节，写老人与女孩子的生活联结。第五节写女孩子的心灵忌讳。第六节写"不虞之隙"，即女孩子所受新的刺激。第七节写悲剧的高潮。第八节写转机并感想。

故事进展得很自然，简直看不到人为的痕迹。作家所写，看来不过是宿舍大楼的上下左右，里里外外，而笔墨所渲染到的，却是一个时代的心灵，一个时代的创伤，一个时代的困苦和挣扎，一个时代的斗争与希望。而且是经过老少两代人的心，用两代人的脉搏跳动，两代人的眼泪和叹息来表现的。

人为的创伤，确使我们原来健康、活泼、美丽的民族，大病了一场。谢天谢地，医治还算及时，我们很快就会复原的。但经历的一场噩梦，痛苦的记忆，是不容易消失的。这也算是伤痕文学吧，但读后并不使人悲观，而是充满希望的，并使人有所觉悟和警惕。

作家在小说语言上的尝试，引起我很大的兴趣。他的语言，采取了长段排比，上下骈偶，新旧词汇并用，有时寓庄于谐，有时寓谐于庄，声东击西，真假相伴,抑扬顿挫,变化无穷的手法。这种手法,兼并中西,熔冶今古,形成了一种富有生活内容和奇妙思路,感染力很强的语言艺术。这是作家研究吸取了外国古典文学语言,特别是中国的词赋、小说、话本,以及民间演唱材料的结果。当然,这种运用,并不是每一处都那么自然,有时也显得堆砌、生硬或晦暗,有个别用词显得轻佻。

很久不读如此功力深厚的小说了,写一些读后感想,并志对作者的怀念之情。

一九八一年四月二十六日

读作品记（六）

在河南出版的《莽原》第一期①上，读到了李准同志的短篇小说《王结实》。小说共分九节，前几节写得很真实，充满幽默感，读起来，使人不断笑出眼泪。八节有些生硬。最后一节稍空，手法也有变化。这种尾声，虽显得更含蓄，终给人以飘浮的感觉，也失去了幽默感。与前文情调不合。

我一向很喜欢李准同志的小说，他的作品中的幽默感，并不完全在语言的选择上。使语言充满笑料，

---

① 一九八一年的第一期《莽原》。

这是容易做到的。在艺术上说却是比较低级的。他的幽默，是来自对生活的观察认识。认识的面广，认识得深刻。对一个时代的生活风习，理解得深了，作家有痛切的感觉，而不愿以大声疾呼的态度反映它，也不愿以委委曲曲的办法表现它。在沉默了许久以后，终于含着眼泪，用冷静的嘲讽手法来表现它。这就是幽默艺术。

这种表现，不是快一时之意，也不是抒发积郁之不平。（文中有一处，把好整同类的知识分子比作咬伤其生身之父的骡子，就有些近于"抒发"了。）这种表现，是基于对时代生活的关注和热爱，基于对一些人物的同情与怜悯，对另一些人物的深恶痛绝。这种表现，常常是含蓄的，隐约的，但能触及深处，引发共鸣。在写作时，并不像插科打诨那么轻松，是要一层层往深的地方挖掘的。

对生活的浮光掠影，不会产生幽默。对生活的淡漠，也不会产生幽默。幽默是现实主义文学的一个方面，一种表现手法。鲁迅、契诃夫都善于用这种手法。他们都是冷峻地注视着生活，含着眼泪发出微笑的。

对同样的生活，对同类的人物，看得多了，认识清楚了，根据作家的感受，加以剪裁，并严肃认真地去表现它，就能使文章有幽默感。凡是伟大的作品，都有幽默感。幽默，是文学的一种要素。

我也读过一些描写十年动乱的小说。不用说全面的、大画卷的作品，还没有见到，就是短篇，写得深刻的，真正能表现这一时期的特色的，也不多见。这不能完全怪作家。这一段历史，在文学上作出表现，有过多的纠缠和困难，过一段时间可能会好些。一些青年人来写它，困难就更多，而老年人又多不愿去接触它。

就其大体形态而言，林彪、"四人帮"之所为，是用了嫁祸于人和借刀杀人的手段。首当其冲的，是为中国革命付出过血汗的老干部，其次是知识分子。他们把阶级斗争扩展到一切差别和等级之间，波及整个社会。他们用鲜血淋淋的白色恐怖，造成人人自危的局面。群众向东向西，只能听他们的，稍有迟误，火便会烧到自己，身家性命不保。这一时期，是很难谈什么人性、道义、同情等等美德的。

前几天，一位同事，写了一个短篇，拿来叫我看。

小说结构和语言都很好,只是那个故事不真实。写的是在那十年动乱的时期,一个小孩因受父母牵连,被押送到亲属所在的北大荒去。在火车上,人们居然对这个孩子,表示了最大的同情与爱护。有人给他吃食,有人给他水喝,有人给他理发。一群妇女自动组织起来,给他赶制棉衣,在一个姑娘的照顾下,小孩甜蜜地睡着了。这种场面,就像在过去的年代,人们照顾负伤的子弟兵一样。而车站外面,正是红海洋,高音喇叭气氛。

当时所谓黑帮子女,能遇到这种待遇吗?这是过分地把这一非常时期美化了,理想化了。这是完全不可能发生的事。如果人民能这样抵制,这场"革命"还发动得起来吗?不是说,人们完全丧失了同情心,是说在那种时刻,谁也不敢做这种表示,更不用说在火车上进行这种串连了。也不能要求人们这样做,他们把同情埋藏在心里,不趁火打劫,不落井下石,就算够道义的了。我想,这是因为作者,并没有经受过这方面的痛苦。

在李准同志这篇小说里,第七节所写,王结实的正义行为,或者说是仗义举动,也使人有些不典型的感觉,与人物性格不很统一。正因为如此,此段以后,文章也就失去了那种幽默感,显得有些勉强了。

作者是想表现贫农的优良品质,增加人物的分量。但这一想法,并没有给作品带来什么新的力量。因为这一行为,超越了时代和人物的典型界限。

一篇短篇小说,应该情调统一,适可而止。有时要延长一些什么,或强加上一点什么,效果反而不佳。

一九八一年五月十一日

读小说札记

一

去年的一期《莲池》，登了莫言作的一篇小说，题为《民间音乐》。我读过后，觉得写得不错。他写一个小瞎子，好乐器，天黑到达一个小镇，为一女店主收留。女店主想利用他的音乐天才，作为店堂一种生财之道。小瞎子不愿意，很悲哀，一个人又向远方走去了。事情虽不甚典型，但也反映当前农村集镇的一些生活风貌，以及从事商业的人们的一些心理变化。小说的写法，有些欧化，基本上还是现实主义的。主题有些艺术至上的味道，小说的气氛，还是不同一般的，小瞎子的形象，有些飘飘欲仙的空灵之感。

二

从今年四月号《小说选刊》读李杭育作《沙灶遗风》。

小说写一民间画屋工，穿插与女店主相恋情节，也写到此地特殊风光及乡俗。主题为农民富裕了，要改变旧生活，父子两代的矛盾，仍为五四以来农村小说写法。从中可看到鲁迅、茅盾等所开创的，表现农村题材的现实主义传统。这一传统，在新一代作者中，仍被尊重、继承、发扬，甚可喜也。小说气韵沉厚，无浮夸不实哗众取宠之弊，十分吸引人，读后有美感，有余味。因知生活深厚之作，自可凿凿在人耳目，招人喜爱。非那些搔首弄姿，打情骂俏之所谓言情小说，可以相提并论也。目前文艺刊物，多有那些廉价之作，数量虽多，无关文坛之繁荣。

此篇去年得奖。

三

近年评奖之风盛行，全国各省市所有期刊，争先恐后地举行。其对创作之作用，利弊两方面，究竟如何，尚不甚了了。然有一点甚明：创作的收获，是评奖的基础。不能说，有了评奖，才有了好收获。如果是这样，评奖未兴起之前，亦时有好作品问世，则不得其解矣。封建社会，有了科举制度，然后才有状元。然其所取，非必真正之人才，是例行故事，不能与小说评奖同日而语。今有人认为近年之有佳作，乃评奖之结果，并有人把每年全国得奖之前三名，拟之为"状元、榜眼、探花"。此不只颠倒本末，实不伦不类之甚矣。

四

在本年四月号《萌芽》上，读关鸿作《哦，神奇的指挥棒》。小说写一个青年乐队指挥，在一次汇报演出时的情景。兼写了青年作家、美术家成名道路上的不正之风。小说语言流畅明快，结构简洁，时有讽刺，亦不露浅薄。

近来阅读小说，发现当代青年作家对西洋音乐的爱好，这一方面的知识，较之我们这一代，浓厚丰富。当然有的作品，写音乐只是作为点缀，或卖弄知识。但总的说来，是时代不同的结果。我们这一代，在从事创作之初，革命的主题，是反封建和反帝国主义。革命带有启蒙的性质，口号是到民间去，到农村去。小说所表现的主要是农民，作家所追求、所熟悉的是民间音乐。作家无暇去研究、接触、欣赏西洋的音乐，作品也不需要这方面的描写和内容。

近年随着开放政策，随着电影、电视的普及，接触西洋文化的机会，比过去增多。在文学作品中，得到反映，这也是很自然的事。

但是，这种题材的小说，它的读者，当前恐怕还只能是在城市，不在农村。农民所喜爱的，恐怕还是民族的艺术，民间的音乐。农民对于文学艺术的爱好，不会像对物质生活，改变得那样快，是可以断言的。

五

去年读了汪曾祺的一篇《故里三陈》，分三个小故事。我很喜欢读这样的小说，省时省力，而得到的享受，得到的东西并不少。它是中国的传统写法，外国作家亦时有之。它好像是纪事，其实是小说。情节虽简单，结尾之处，作者常有惊人之笔，使人清醒。有人以为，小说贵在情节复杂或性格复杂，实在是误人子弟。情节不在复杂，而在真实。真情节能动人，假情节使人厌。宁可读一个有人生启发的真情节，不愿读十个没有血肉的假情节。

我晚年所作小说，多用真人真事，真见闻，真感情，平铺直叙，从无意编故事，造情节。但我这种小说，却是纪事，不是小说。强加小说之名，为的是避免无谓纠纷。所以不能与汪君小说相比。

六

古华写的《九十九堆礼俗》中，有一个寡妇叫杨梅姐；李杭育写的《沙灶遗风》中，有一个寡妇叫桂凤；张贤亮写的《绿化树》中，有一个"寡妇"叫马缨花。(这篇小说，目前我还只读了一半。)杨梅姐是小说的主角，桂凤是小说的配角，马缨花是小说中的重要人物。

我读小说很少，在不长的时间里，在当代农村题材小说中，遇到了三个寡妇。难道是作家们对寡居的妇女，有特殊的感情？或是像俗话说的"寡妇门前是非多"，好做文章？当然都不是。

这是因为长期以来，在带有浓重封建色彩的农村生活里，寡妇所处的社会地位，她们生活的特殊困难，她们为了适应这种地位所锻炼成的性格特点，吸引了我们的作家。作家们都用同情的、近乎人道主义的态度去描写了她们。杨梅姐身上有风情，马缨花的风情更强烈些，杨梅姐并在似梦非梦的情况下，被露骨地、带有刺激性地描写过。桂凤则写得有节制、有拘束，没有肯放手去写，并急转直下，在小说结尾，成为对过去了的时代唱挽歌的人物。

七

张贤亮的中篇小说《绿化树》，这一期《小说选刊》只登了一半，我用两天时间读完了。作者的经历、学识，文学的修养，对事业的严肃性，都是当前不可多得的。

他的小说，受欧美尤其是俄罗斯文学影响较重，时有普希金、果戈理、高尔基的创作精神，流露其间。开头一段，车夫所唱民歌，与大自然的协调，结合主人公的感叹，三方面交相激扬，其神韵，达到了使人惊心动魄，回肠荡气的效果。

马缨花这一人物写得很好，从中更可看到普希金、梅里美、高尔基人物创造的神髓。描写她的形象那一节，用笔自是不凡。

作者说这部小说，所得启示，与《资本论》有关，然从所读章节，实在还没有看出这一点。等看完以后再说吧。

八

为人、处世、写文章，都有拘谨和开放两途。有人写小说，总是显得局面小，意境、人物、故事，都好像有一个小围墙，突展不开，这就是一个缺点。有的人展开了，有时又漫无边际，使人物、故事不得集中，主题不得突出，这也是一个缺点。生活基础大，积累雄厚，写作时就能够触类旁通，头头是道。到处能够触景生情，因情见色，随意点化，无不成趣。如果生活的积累，还不到这种程度，文笔方面，虽有开放之长，也会产生流弊。量体裁衣，扬长避短，就不如先写些短小的作品。等到生活进一步丰富了，再写较长的作品，发挥自己的所长，自然就能相得益彰。

去年读了铁凝的《没有纽扣的红衬衫》，有这样一点意思。本想见面时和她谈谈，供她参考，但一直没有机会，就先记在这里，备遗忘吧！

一九八四年四月十四日写讫

谈铁凝的《哦,香雪》

收到你的信和寄来的《青年文学》。国庆节以后,我先是闹了几天肠炎,紧接着又感冒,咳嗽很厉害,夜晚不能安睡。去年这时,好像也这样闹过一次。人到老年,抵抗力太差了。

刊物一直放在案头上,惟恐叫孩子们拿走。今晚安静,在灯下一口气读完你的小说《哦,香雪》,心里有说不出的愉快。这篇小说,从头到尾都是诗,它是一泻千里的、始终一致的。这是一首纯净的诗,即是清泉。它所经过的地方,也都是纯净的境界。

读完以后,我就退到一个角落里,以便有更多的时间，享受一次阅读的愉快，我忘记了咳嗽，抽了一支烟。我想：过去，读过什么作品以后，有这种纯净的感觉呢？我第一个想到的，竟是苏东坡的《赤壁赋》。

我也算读过你的一些作品了。我总感觉，你写农村最合适，一写到农村，你的才力便得到充分的发挥，一写到那些女孩子们，你的高尚的纯洁的想象，便如同加上翅膀一样，能往更高处、更远处飞翔。

是的，我也写过一些女孩子，我哪里有你写得好！在农村工作时，我确实以很大的注意力，观察了她们，并不惜低声下气地接近她们，结交她们。二十多年里，我确实相信曹雪芹的话：女孩子们心中，埋藏着人类原始的多种美德！这些美好的东西，随着她们的年龄增长，随着她们的为生活操劳，随着人生的不可避免的达尔文规律，逐渐减少，直至消失。我，直到晚年，才深深感到其中的酸苦滋味。

在农村，是文学，是作家的想象力，最能够自由驰骋的地方。我始终这样相信：在接近自然的地方，在空气清新的地方，人的想象才能发生，才能纯净。大城市，因为人口太密，互相碰撞，这种想象难以产生,即使偶然产生,也容易夭折。

你如果居住在一个中小城市,每年有几次机会到偏远的农村去跑跑,对你的创作,将是很有利的。我希望能经常读到你这种纯净的歌!

一九八二年十二月十四日

我喜爱的一篇散文

一九八五年一月三十一日晚七时,读一九八四年第六期《随笔》头条散文《配眼镜遭遇记》,赵大年作。

这是一篇用现实主义手法写成的散文,我一口气读完,兴致很高,时时为其文字抒发之妙,哑然失笑。很久没有读到这样令人兴高采烈的文字了。

所记也很平常,不过是配眼镜的事。但写得真实可信,使读者如同身临其境,亲自体会。正因为我用三元钱购买的,戴了十几年的老花眼镜,近来也有些不合适,想换一副。只是长期不好进商场,也不好到医院,以上二者,都视为畏途。一看到这个题目,有动于衷,就想看看,事出偶然,竟意外地得到一次读书的快乐。

我和作者,素不相识,前几年在《花城》上读过他写旗人妇女的一篇小说,曾打听过作者的情况,但未得要领。今天读了这篇散文,好像对作者有了进一步的认识和感情。不过,说好说坏,完全出自客观,其间并无私情。

目前,散文虽然多起来,但引人入胜之作,并不多见。我以为不少散文,缺乏现实主义精神。本来,散文不同小说,现实意义,理所当然地应该大些、多些,其实不然。有些作品虽然是记事写景,但因为作者的立意不妥,就使所记之事,所写之景,失去了本色本性。这里说的立意不妥,包括浮夸不实,自我卖弄,要求功利,哗众取宠等等。一篇文章之中,有其一点,足以使所写所记,失魂落魄,只剩皮毛。况有的文章,以上四点,全都有份乎?

有人提倡,指摘当前创作缺点,最好举出实例,我还没有那等天真勇气,只能按照老习惯,笼统言之,信不信由你好了。如果再说得具体一点,那就可以举出:比如有了"权"的人,他的散文,就容易流露一点

"威";有的人考场得意以后,他的散文,就容易带一点"躁"。这两种气,不管如何表现,对作文都不利。

所谓用现实主义的精神写散文,就是用实事求是的精神写文章。实事,就是现实;求是,就是现实主义。生活自是生活,现实自是现实,粉饰不得,歪曲不得。但并不是说,作者对生活和现实,不能有所评价。个人的企图,个人的打算,自然不能强加给生活,不能强加给现实。但是可以通过对现实生活的忠实描述,表达作者的纯朴的心意和愿望。这样的散文,能使人信服,使人爱好,当然还要有文采。赵大年的这篇散文,就是如此。

一九八五年二月一日

《方纪散文集》序

轻易不得见面的曾秀苍同志,今天早晨带了一包东西,到我这里来,说:

"方纪同志委托我,把他的一部散文集的清样送给你,请你给他写篇序。"

我当即回答:

"请你回去告诉方纪同志,我很愿意做这件工作,并且很快就可以写出来,请他放心。"

我这种义不容辞的慷慨态度,对熟悉我的疏懒性格的人来说,简直有些突如其来,一反常态了。

我要说明其中原委,共有三点。

一、我和方纪同志，是"同时代的人"。他曾经计划写一部长篇小说，题目就是这几个字。每一个时代，都有它特殊的风貌，以区别于历史长河的其他时期。每一个时代的人，也有他们特殊的经历，知识分子的特色，尤其显著。我们所经历的时代，并非自诩，我以为是很不平凡的。我们经历了中国革命进展的重大阶段。我们把青春献给了祖国和人民的解放事业。我们的共同之点还有，我们都是爱好文学艺术，从而走进革命的队伍，这可以说是为革命而文学，也可以说是为文学而革命。

二、我和方纪同志，可以说是老朋友了。一九四五年，我在延安，并不认识他。一九四六年冬天，他从热河到冀中，在河间的一个小村庄，我见到了他。他是从热河赶着一匹小毛驴来的，风尘仆仆，在一家农舍，他的多情的爱人黄人晓同志，正烧水为他洗脚。此后，我们在《冀中导报》，土改运动中，以及进城后在《天津日报》，都生活工作在一起。

三、现在我们都老了，他的健康情况，尤其不好。一九六六年以来，我一直没有见到他，最近在两次集会上，我见到了他，搀扶了他，看到他那样吃力地走路、签名，我都忍不住流下眼泪。

我心里想，方是多么精明强干的人，多么热情奔放的人，他有很大的抱负，他为党和人民，做了很多很重要的工作，现在竟被摧残成了这个状态！当然，我的状态，也不会在他心灵中，引起完全是欣慰的感觉。

我和方在青年时期，即解放战争时期，经常一同骑着自行车，在冀中平原，即我们的故乡，红高粱夹峙的大道上，竞相驰骋。在他的老家，吃过他母亲为我们做的束鹿县特有的豆豉捞面。在驻地农村的黄昏，豆棚瓜架下，他操胡琴，我唱京戏。同到刚刚解放的石家庄开会，夜晚，冒着敌机轰炸的危险，迷恋地去听一位唐姓女演员的地方戏曲。天津解放之前，我同方先到美丽的小镇胜芳，在一家临河小院，一条炕上，抵足而眠，将近一个月。进城时，因为我们的自由主义，离开了大队，几乎遭到国民党散兵的冷枪。

这些情景，都一去不返了，难得再遇。就是那些因为工作或因为生活而发生的争吵，恐怕也难得再有，值得怀念。即使还有机会争吵，我身旁也没有了兼顾情义的老伴，听不到她的劝诫了。

我和方，性格方面，有很大的差异，我看到了他的优点，也看到了他的一些缺点。他对我也是这样。在我们共事期间，常常有争吵，甚至面红耳赤，口出不逊，拍案而起。但事过以后，还是朋友。我死去的爱人，当时曾对他和我说："你们就像兄弟一样。"她是农民，她的见解是质朴可信的。

方的才气很大，也外露。他的文章，不拘一格，文无定法，有时甚至文无定见。他常常是党之所需，时之所尚，意之所适，情之所钟，就执笔为文，洋洋洒洒。

他的胆量也大，别人不敢说的，他有时冲口而出，别人不敢表现的，他有时抢先写成作品。这样，就有几次站在危险深渊的边缘，幸而没有跌下去。

他的兴趣，方面很广，他好做事，不甘寂寞。大量的行政交际工作，帮助他了解人生现实，在某些方面，也影响了他的艺术进展和锤炼。

文如其人，对方来说，尤其明显。他的散文，视野很广阔，充满真实和热烈的情感。他的文字流畅而美丽，给人以淙淙流水的音响。

时至今日，对于我们这一代老同志，一切客套，我想都不必说了。我珍惜我们之间的友情，也珍惜方的文字。一九六六年以前，我曾把司马光的两句格言：顿足而后起，杖地而后行，告诉了方。他反其意，吟成四句诗，第三句是"为了革命故"，第四句是什么也可以不管。原话我忘记了。他从南方旅行回来，送给我一个竹笔筒，就把他这四句诗，刻在上面，算是对我的激励。这个笔筒，后来被抄走，诗当然成为一条罪状。他寄怀我的其他诗文，也被家人送进了火炉，笔筒不知流落在何家的案头。

党和人民，都在认真总结我们时代的惨痛的经验教训。我们也在总结自己的成败得失。我们的作品，自有当代和后世的读者，做出实事求是的评价。方的文章，是可以传世的。

方很顽强，也很乐观，他一定能战胜疾病，很快恢复健康。

一九七九年二月九日

《刘绍棠小说选》序

今天中午,收到绍棠同志从北京来信:

"现将出版社给我的公函随信附上,请您在百忙中为我写一篇序,然后将序和公函寄给我。

"由于发稿时间紧迫,不得不请您赶作,很是不安。"

于是,我匆匆吃过午饭,就俯在桌子上来了。

绍棠同志和我的文字之交,见于他在黑龙江一次会议上热情洋溢的发言,还见于他的自传,我这里就从略了。

去年冬初,在北京虎坊桥一家旅社,夜晚,他同从维熙同志来看我。我不能见到他们，已经有二十多年了。见到他们，我很激动，同他们说了很多话。其中对绍棠说了：一、不要再骄傲；二、不要赶浪头；三、要保持自己的风格——等等率直的话。

他们走后，我是很难入睡的。我反复地想念：这二十年，对他们来说，可以说是天寒地冻，风雨飘摇的二十年。是无情的风雨，袭击着多情善感的青年作家。承受风雨的结果，在他们身上和在我身上，或许有所不同吧？现在，他们站在我的面前，挺拔而俊秀，沉着而深思，似乎并不带有风雨袭击的痕迹。风雨对于他们，只能成为磨砺，锤炼，助长和完成，促使他们成为一代有用之材。

对于我来说，因为我已近衰残，风雨之后，其形态，是不能和他们青年人相比的。

这一个夜晚，我是非常高兴的，很多年没有如此高兴过了。

前些日子，我写信给绍棠同志，说：

"我并不希望你们（指从维熙和其他同志），老是在这个地方刊物（指《天津日报》文艺周刊）上发表作品。它只是一个苗圃。当它见到你们成为参天成材的大树，在全国各地矗立出现时，它应该是高兴的。我的心情，也是如此。"

文坛正如舞台，老一辈到时必然要退下去，新的一代要及时上演，要各扮角色，载歌载舞。

看来，绍棠同志没有忘记我，也还没有厌弃我的因循守旧。当他的自选集出版的时候，我还有什么话，要同他商讨呢？

我想到：中国的现实主义文学传统，是来之不易的。是应该一代代传下去，并加以发扬的。五四前后，中国的现实主义，由鲁迅先生和其他文学先驱奠定了基础。这基础是很巩固、很深厚的。现实主义的旗帜，是与中国革命的旗帜同时并举的，它有无比宏大的感召力量。中国的现实主义，伴随中国革命而胜利前进，历经了几次国内革命战争和八年抗日战争。这一旗帜，因为无数先烈的肝脑涂地，它的色彩和战斗力量，越来越加强了。

中国的现实主义，首先是与中国革命相结合的。同时，它也结合了中国文学的历史，和世界文学的历史。毫无疑义，十八、十九世纪的西欧文学和俄国文学，东北欧弱小民族的文学，十月革命的苏联文学，日本和美国的文学,对我国的现实主义,也起了丰富和借鉴的作用。介绍这些文学作品的翻译家,我们应当给予高度评价。

我们的现实主义,是同形形色色的文学上的反动潮流、颓废现象不断斗争,才得以壮大和巩固的。它战胜民族主义文学,第三种人文学,以及影响很大的鸳鸯蝴蝶派。历次战斗,都不是轻而易举,也绝不是侥幸成功的。现实主义将是永生的。就是像林彪、"四人帮"这些手执屠刀的魔鬼,也不能把它毁灭。

但是,需要我们来维护。我们珍视现实主义文学的战斗传统,绍棠同志的作品,具备这一传统。

一九七九年十二月十九日下午二时

《从维熙小说选》序

如果我的记忆力还可靠,就是一九六四年的秋天,我收到一封没有发信地址的长信,是从维熙同志写给我的。

信的开头说,在一九五七年,当我患了重病,在北京住院时,他和刘绍棠、房树民,买了一束鲜花,要到医院去看望我,结果没得进去。

不久,他便被错划为"右派",在劳改农场、矿山做过各种苦工,终日与流氓、小偷,甚至杀人犯在一起。

信的最后说,只有组织才能改变他的处境,写信只是愿意叫我知道一下,也不必回信了。

那时我正在家里养病，看过信后，我心里很乱。夜晚，我对也已经患了重病的老伴说：

"你还记得从维熙这个名字吗？"

"记得，不是一个青年作家吗？"老伴回答。

我把信念了一遍，说：

"他人很老实，我看还有点腼腆。现在竟落到了这步田地！"

"你们这一行，怎么这样不成全人？"老伴叹息地说，"和你年纪相当的，东一个西一个倒了，从维熙不是一个小孩子吗？"

老伴是一个文盲，她之所以能"青年作家"云云，不过是因为与我朝夕相处，耳闻目染的结果。

二年之后，她就更为迷惑：她的童年结发、饱经忧患、手无缚鸡之力、终年闭门思过、与世从来无争的丈夫，也终于逃不过文人的浩劫。

作家的生活，受到残酷的干预。我也没法向老伴解释。如果我对她说，这是特殊历史条件下的特殊国情，她能够理解吗？

她不能理解。不久，她带着一连串问号，安息了。

我也不知道,为什么我没有安息,这一点颇使远近了解我性格的人们,出乎意料。既然没有安息,就又要有人事来往,就又要有喜怒哀乐,就不得不回忆过去,展望前景。前几年,又接到了维熙的信,说他已经从那个环境里调出来,现在山西临汾搞创作。我复信说:

"过去十余年,有失也有得。如果能单纯从文学事业来说,所得是很大的。"

同信,我劝他不要搞电影,集中精力写小说。

不久,他在《人民文学》上发表了短篇小说《洁白的睡莲花》,来信叫我看,并说他想从中尝试一下浪漫主义。

我看过小说,给他写信,说小说写得很好,还是现实主义的。并劝他先不要追求什么浪漫主义,只有把现实主义的基础打好了,才能产生真正的浪漫主义。

再以后,就是我和他关于《大墙下的红玉兰》的通信。

写到这里,本来可以结束了,但因为前些日子,为刘绍棠同志写序文时,过于紧迫,意犹未尽,颇觉遗憾。现在就把那未了的文字,移在这里,转赠维熙,并补绍棠。

在为绍棠写的序文中，我喊叫：要维护现实主义传统。究竟什么是现实主义传统呢？一个现实主义作家，需要何种努力？一部现实主义的作品，要具备什么样的条件呢？我曾写了一个简单的提纲，在绍棠的来信之上：

我以为，现实主义的任务，首先是反映现实生活。在深刻卓异的反映中，创造出典型。不可能凭作家主观愿望，妄想去解决当前生活中的什么具体问题，使他的人物成为时代生活的主宰。现实主义的作品，对于生活，对于人物，不能是浮光掠影的。作家在创作这样一部作品时，其动机也绝不是为了新鲜应时，投其所好，以希取宠的。

现实主义的作家，要有多方面的修养准备，其中包括在艺术方面的各种探求。经过长时期的认真不懈的努力，才能换来发掘和表现现实生活的能力。因此，凡是现实主义的作家或作品，都不会是循迹准声之作，都是有独创性的。

另外，现实主义的作家或作品，都具备一种艺术效果上的高尚情操，表现了作为人的可宝贵的良知良能，表现了对现实生活和历史事实的严肃态度。

写到这里，真的完了。但还有一点尾声。直至今日，我和维熙，见面也不过两三次。最初，他给《天津日报》文艺周刊投稿，有一次到报社来了，我和他们在报社的会议室见了一面。我编刊物，从来不喜欢把作者叫到自己家里来。我以为我们这一行，只应该有文字之交。现在，我已届风烛残年，却对维熙他们这一代正在意气风发的作家，怀有一种热烈的感情和希望。希望他们不断写出好作品。有一次，我写信对他说：

"我成就很小，悔之不及。我是低栏，我高兴地告诉你：我清楚地看到，你从我这里跳过去了。"

我有时还想到一些往事。我想，一九五七年春天，他们几位，怎么没有能进到我的病房呢？如果我能见到他们那一束花，我不是会很高兴吗？一生寂寞，我从来也没有得到过别人送给我的一束花。

现在可以得到了。这就是经过他们的努力，不断出现在我面前的，视野广阔，富有活力，独具风格，如花似锦的作品。

一九八〇年一月二十七日上午

《贾平凹散文集》序

我同贾平凹同志,并不认识。我读过他写的几篇散文,因为喜爱,发表了一些意见。现在,百花文艺出版社要出版他的散文集了,贾平凹来了两封信,要我为这本集子写篇序言。我原想把我发表过的文章,作为代序的,看来出版社和他本人,都愿意我再写一篇新的。那就写一篇新的吧。

其实,也没有什么新鲜意思了。从文章上看(对于一个作家,主要是从文章上看),这位青年作家,是一位诚笃的人,是一位勤勤恳恳的人。他的产量很高,简直使我惊异。我认为,他是把全部精力,全部身心,都用到文学事业上来了。他已经有了成绩,有了公认的生产成果。但我在他的发言中或者通信中,并没有听到过他自我满足的话,更没有听到过他诽谤他人的话。他没有否定过前人,也没有轻视过同辈。他没有对中国文学的传统,特别是五四以来的现实主义传统,发表过似是而非的或不自量力的评论。他没有在放洋十天半月之后,就侈谈英国文学如何、法国文学又如何,或者东洋人怎样说、西洋人又怎样说。在他的身旁,好像也没有一帮人或一伙人,互相吹捧,轮流坐轿。他像是在一块不大的园田里,在炎炎烈日之下,或细雨蒙蒙之中,头戴斗笠,只身一人,弯腰操作,耕耘不已的青年农民。

贾平凹是有根据地,有生活基础的。是有恒产,也有恒心的。他不靠改编中国的文章,也不靠改编外国的文章。他是一边学习、借鉴,一边进行尝试创作的。他的播种,有时仅仅是一种试验,可望丰收,也可遭歉收。可以金黄一片,也可以良莠不齐。但是,他在自己的耕地上,广取博采,仍然是勤勤恳恳、毫无怨言,不失信心地耕作着。在自己开辟的道路上,稳步前进。

我是喜欢这样的文章和这样的作家的。所谓文坛，是建筑在社会之上的，社会有多么复杂，文坛也会有多么复杂。有各色人等，有各种文章。作家被人称做才子并不难，难的是在才子之后，不要附加任何听起来使人不快的名词。

中国的散文作家，我所喜欢的，先秦有庄子、韩非子，汉有司马迁，晋有嵇康，唐有柳宗元，宋有欧阳修。这些作家，文章所以好，我以为不只在文字上，而且在情操上。对于文章，作家的情操，决定其高下。悲愤的也好，抑郁的也好，超脱的也好，闲适的也好。凡是好的散文，都会给人以高尚情操的陶冶。王羲之的《兰亭集序》，表面看来是超脱的，但细读起来，是深沉的，博大的，可以开扩，也可以感奋的。

闲适的散文，也有真假高下之分。五四以后，周作人的散文，号称闲适，其实是不尽然的。他这种闲适，已经与魏晋南北朝的闲适不同。很难想象，一个能写闲适文章的人，在实际行动上，又能一心情愿地去和入侵的敌人合作，甚至与敌人的特务们周旋。他的闲适超脱，是虚伪的。因此，在他晚期的散文里，就出现了那些无聊的、絮烦的甚至猥亵抄袭的东西。

他的这些散文,就情操来说,既不能追踪张岱,也不能望背沈复。甚至比袁枚、李渔还要差一些吧。

情操就是对时代献身的感情,是对个人意识的克制,是对国家民族的责任感,是一种净化的向上的力量。它不是天生的心理状态,是人生实践、道德修养的结果。

浅薄轻佻,见利而动,见势而趋的人,是谈不上什么情操的。他们写的散文,无论怎样修饰,如何装点,也终归是没有价值的。

我不敢说阅人多矣,更不敢说阅文多矣。就仅有的一点经验来说,文艺之途正如人生之途,过早的金榜、骏马、高官、高楼,过多的花红热闹,鼓噪喧腾,并不一定是好事。人之一生,或是作家一生,要能经受得清苦和寂寞,经受得污蔑和凌辱。要之,在这条道路上,冷也能安得,热也能处得,风里也来得,雨里也去得。在历史上,到头来退却的,或者说是销声敛迹的,常常不是坚定的战士,而是那些跳梁的小丑。

一九八二年六月五日晨起改讫

《李杜论略》读后

—— 给罗宗强的信

宗强同志:

温超藩同志转来你的信和惠赠的书《李杜论略》,都收见了,非常感谢!

大著用比较的方法,从六个方面进行探讨,旁征博引,用力甚勤,读起来是很有兴味的。并使人看出,比较研究,其目的是为了阐明文学创作的规律,并非定其优劣。但叫我提意见,就使我感到困难了。我对古典文学,因幼年未能专修,后来是零碎补习,所以知道得很少。感于你高雅的嘱望,也随便谈谈吧。

我以为,如果谈比较研究的方法,中国实古已有之，古已尚之，但并不完备，其方法也不太科学。自汉以后，有班马异同之论，唐以后有李杜优劣之说。专著零篇，不胜其读。

在文学艺术领域，异同之论可取，优劣之说不可取。因为，文学艺术要求异，并不要求同。异者愈众，则风格不同者愈多，证明文学艺术发达繁荣，如同者众，文学艺术单调划一，则不发达不繁荣之征候也。十年动乱期间，文学艺术可谓大同而无异矣，能说是发达繁荣吗？所以我们的文学史，只需要一个杜甫，一个李白，而不需要很多同样的李、杜。几百年、几千年，也只有一个就是了，这就是求异。在同一时代，如李杜所处，产生不同风格的两个大诗人，这是时代的光荣，如果产生四个或十个，那就是时代更大的光荣。种花养鱼，吃饭穿衣，都希望多有一些新的品种，新的花样。何况作为人类精神食粮的文学艺术？

但有人，一定要在两人之间，定出个优劣来，这是封建观念在作祟。我们中国长期科举取士，名次观念很重，时至今日尚有余毒，不可不察。金榜题名，龙门登进，不得不名判甲乙，但文学评论与研究，断断不能用这种近似儿戏的办法。这对文学艺术的繁荣，是一点好处也没有的。至于为了投当前政治之机，对古人信口雌黄，虽出自权威者的皇皇巨著，摈之不读可也。

以上，是我随便谈一点读了大著之后引起的感想，并非说你是主张优劣论的。不是，你是反对优劣论的。在六点比较方面，我以为作家之不同，生活经历，起主导作用，应列为首题。创作方法、艺术风格、艺术表现手法很难分，你分成三章论述，恐怕要时有互相出入的困难吧。如分为两章，则容易统制。政治思想、生活理想、文学思想之难分，亦如上述，如划得再为严格一些，我想既会避免重复论述，也可避免引用资料过多，过于琐碎的毛病。中国的诗话太多，历代被列为著述。其中大多数烦琐偏执，实不能被看作文学评论。引用之时，最好有所选择。这些意见，只是供你参考，并希望得到你的教正。

祝好

孙犁

十月五日

第三辑

《庄子》

在初中读《庄子》，是谢老师教课。谢老师讲书，是用清朝注释家的办法。讲一篇课文，他总是抱来一大堆参考书，详详细细把注解写在黑板上，叫我抄录在讲义的顶端。在学校，我读了《逍遥游》《养生主》《马蹄》《胠箧》等篇。

老实说，对于这部书，我直到现在也没有真正读懂。有一时期，很喜欢它的文字。《庄子》一书，被列入中国哲学的经典著作，当然是很深奥的。我不能探其深处，只能探其浅处。

我以为，庄生在写作时，他也是希望人能容易看懂容易接受的。它讲的道理，可能玄妙一些，但还不是韩非子所称的那种"微妙之言"。微妙之言常常是一种似是而非、可东可西的"大言"，大言常常是企图欺骗"愚昧"之人的。

像《庄子》这样的书，我以为也是现实主义的。司马迁说它通篇都是寓言。庄子的寓言，现实意义很强烈。当然，它善于夸张，比如写大鸟一飞九万里。但紧接着就写一种小鸟，这种小鸟，"腾跃而上，不过数仞而下"，"翱翔蓬蒿之间"，描写得更加具体，更加生动活泼。因为它有现实生活的依据。因此我们看出，庄子之所以夸张，正是为了表现现实生活中的具体细节。在书中这种例子是很多的。他常常用人们习见的事物，来说明他的哲学思想。这种传统，从庄子到柳宗元，我以为是中国散文的非常重要的传统。

前些日子和一位客人谈话，涉及这方面的问题，简记如下：

客：我看你近来写文章，只谈现实主义，很少谈浪漫主义。

主：是的，我近来不大喜欢谈浪漫主义了。

客：什么原因呢？

主：我以为在文学创作上，我们当前的急务，是恢复几乎失去了的现实主义传统。现实主义是古今中外文学创作的主流，它可以说是浪漫主义的基础。失去了现实主义，还谈什么浪漫主义？前些年，对现实主义有误解，对浪漫主义的误解则尤甚，已经近于歪曲。浪漫主义被当成是说大话，说绝话，说谎话。被当成是上天入地，刀山火海，装疯卖傻。以为这种虚妄的东西越多，就越能构成浪漫主义。因此，发誓赌咒，撒泼骂街也成了浪漫主义不可缺少的东西。

我认为浪漫主义虽是文艺思潮史上的一种流派，作为创作方法，浪漫主义必须以现实主义为根基。浪漫主义是从现实主义的基础上升华出来，没有凭空设想的浪漫主义。海市蜃楼的景象，也得有特定的物质基础，才能出现。

客：我注意到，你在现实主义之上也不加限制词。这是什么道理？

主：我以为没有什么必要，认真去做，效果会是一样的。

我们读书，即使像《庄子》这样的书，也应该首先注意它的现实主义成分,这对从事创作的人,是很有好处的。从事哲学研究的人,着眼点可以不同,但也要注意它所反映的历史生活的真实细节,这才是真正的哲学基础所在。

我现在用的是王先谦的集解本,这是很好的读本。他在序中说:

> 余治此有年,领其要,得二语焉。曰:喜怒哀乐,不入于胸次。窃尝持此,以为卫生之经,而果有益也。

对于这种话,我是不大相信的,至少,很难做到吧!如果庄子本人能够做到这一点,他就不可能写出这样充满喜怒哀乐的文章了。凡是愤世嫉俗之作,都是因为作者对现实感情过深产生的。这一点,与"卫生"是背道而驰的。

这位谢老师,原是新诗闯将,自执教以来,乃沉湎于古籍,对文坛形势现状,非常茫然,多垂询于我辈后生。我当时甚以为怪,现在才悟出一些道理来。

《韩非子》

在读高中一年级的时候，国文老师叫我们每人买了一部扫叶山房石印的王先谦的《韩非子集解》。四册一布套，粉连纸，读起来很醒目，很方便。

老师是清朝的一名举人，在衙门里当了多年幕客。据说，他写的公文很有点名堂。他油印了不少呈文、电稿，给我们作讲义，也有少数他作的诗词。

这位老师教国文，实际很少讲解。在课堂上，他主要是领导着我们阅读。他一边念着，一边说："点！"念过几句，他又说："圈！"我们拿着毛笔，跟着他的嘴忙活着。等到圈、点完了，这一篇就算完事。他还要我们背过，期终考试，他总是叫我们默写，这一点非常令人厌恶。我曾有两次拒考，因为期考和每次作文分数平均，我还是可以及格的。但给他留下了不良印象，认为我不可教。后来我在北平流浪时，曾请他介绍职业，他还悻悻然地提起此事，好像我所以失业，是因为当时没有默写的缘故。

其实，他这种教学法，并不高明。我背诵了好久，对于这部《韩非子》，除去记得一些篇名以外，就只记得两句话：其一是："儒以文乱法，而侠以武犯禁。"其二是："色衰爱弛。"

说也奇怪，这两句记得非常牢，假如我明天死去，那就整整记了五十年。

我很喜欢我那一部《韩非子》，不知在哪一次浩劫中丢失了，直到目前，我的藏书中，也没有那么一部读起来方便又便于保存的书。

老师的公文作品，一点印象也没有了，不知他从《韩非子》得到了什么启示。当时《大公报》的社论，例如《明耻教战》《十年生聚，十年教训》等篇，那种文笔，都很带有韩非子的风格。老师也常常选印这种社论，给我们作教材，那时正值九一八事变之后。

老师叫我们圈点完了一篇文章，如果还有些时间，他就从讲坛上走下来，在我们课桌的行间，来回踱步。忽然，他两手用力把绸子长衫往后面一搂，突出大肚子，喊道："山围故国——周遭在啊，潮打空城——寂寞回啊！"声色俱厉，屋瓦为之动摇。如果是现在，一定会引起学生的哄笑，那时师道尊严，我们只是默默地听着。有时也感到悲凉，因为国家正处在危险的境地。

以后，我就没有再读《韩非子》，我喜爱的是完全新的革命的文学作品。

直到前些年，我孤处一室，一本书也没有了，才从一个大学毕业生那里，借来两本国文教材。从中，我抄录了韩非子的《五蠹》全篇和《外储说》断片。

韩非子的散文，时时采用譬喻寓言，助其文势。现实生活的材料，历史地理的材料，随手运用，锋利明快，说理透彻。实在是中国古代散文的奇观，民族文化的宝藏。

我目前手下的《韩非子》，是光绪元年，浙江书局据吴氏影宋乾道本校刻，后附顾广圻《韩非子识误》一册。

一九八〇年一月

读《吕氏春秋》

《吕氏春秋》附考。明方孝孺曰:"然予独有感焉,世之谓严酷者,必曰秦法。而为相者乃广致宾客以著书。书皆诋訾时君为俗主,至数秦先王之过无所惮。若是者,皆后世之所甚讳,而秦不为罪。呜呼,然则秦法犹宽也。"

耕堂按:方孝孺盖有感于明政之严苛也。附考引宋高似孙言论,意见与方氏稍合。可谓皆独特之见矣。然汉以秦为严酷,魏晋以汉为严酷。屠沽负贩,起而革命,而严酷如故,革不掉也。后世论前世事,矛盾往往易见。

而在当时，恐不如此认识。书本为书本，行政为行政耳。后人以某事断秦政宽，以某事断秦政严，皆出臆想。必须根据史实，全部考察，方能稍得其实际。然近代史实，尚不易弄清，历史公案，更难定矣！

《史记·吕不韦列传》："……号曰《吕氏春秋》，布咸阳市门，悬千金其上，延诸侯游士宾客，有能增损一字者予千金。"

《桓谭新论》："秦吕不韦请迎高妙作《吕氏春秋》。书成，布之都市，悬置千金，以延示众士。而莫能有变易者，乃其文约艳，体具而言微也。"

唐马总曰："暴于咸阳市，有能增损一字与千金，无敢易者。"

宋高似孙曰："有能增损一字者与千金，人卒无一敢易者，是亦愚黔之甚矣。秦之士其贱若此，可不哀哉！"

《郡斋读书志》："时人无增损者，高诱以为非不能也，畏其势耳。"

耕堂按：从以上引文看，千金不能易一字之原因有二，即不能与不敢。不敢是畏不韦当时的权势。不能，则一是文章为高妙之作，二是当时的秦士，都是愚黔之徒。然仔细想来，这一个典故，恐怕只是一种传说，一种演绎。因为司马迁所作《吕不韦列传》，只说予以千金，并无下面的话。司马迁说予以千金，只是强调这一著作的不苟与当时对待的隆重耳。

司马迁在《太史公自序》中又说："不韦迁蜀，世传吕览。"后世学者以为吕览（即《吕氏春秋》），成于不韦为相之时，不韦迁蜀以后，不久死去。何以能聚宾客著书，又何以能"悬之咸阳"。乃是司马迁的笔误驳杂之辞。其实，这里说的只是"世传"，其意即吕不韦遭到不幸之后，其书反而得到世人的重视，与自序上下文文意相通，不足为过也。

《吕氏春秋》一书，列入杂家，历史上不大被人重视。有人说是因为吕不韦名声不好。我看，恐怕是因为这部书的编写体制不太通俗，每篇前冠以月令，初读时，叫人摸不着头脑。其实里面好的东西很多，即以古代寓言故事而论，《孟子》《韩非子》等书，以此见长，而《吕氏春秋》，"察今"一篇中，即包含三则，无疑是一个大宝藏。且它所引古书，多是秦火以前的旧文，其价值就更可贵了。

我过去有广益书局的高诱注普通本。后又购得许维遹集释本，线装共六册。民国二十四年，清华大学出版。白纸大字，注释详明，断句准确，读起来，明白畅晓，真能使人目快神飞。晚年眼力差，他书不愿读，每日拿出此书，展读一二篇，不只涵养性灵，增加知识，亦生活中美的消遣与享受也。

一九八六年十一月二十二日记

我的史部书

按照四部分类法，史部包括：正史、编年、纪事本末、古史、别史、杂史、载记、传记、诏令奏议、地理、政书、谱录、金石、史评，共十四类。每类又分小项目，如杂史中有：事实、掌故、琐记。这显然不很科学，也很繁琐。但史书，确实占有中国古籍的大部。经书没有几种，占据书目的，不是经的本文，而是所谓"经解"。

历代读书界，都很重视史书，经史并重，甚至有六经皆史之说。我国历史悠久，史书汗牛充栋，无足奇怪。

人类重史书，实际是重现实。是想从历史上的经验教训，解释或解决现实中存在的问题。

我在青年时，并不喜好史书。回想在学校读书的情况，还是喜欢读一些抽象的哲学、美学，或新的政治、经济学说。至于文艺作品也多是理想、梦幻的内容。这是因为青年人，生活和经历，都很单纯，遇到的不过是青年期的烦恼和苦闷，不想，也不知道，在历史著作中去寻找答案。

进城以后，我好在旧书摊买书，那时书摊上多是商务印书馆的书，其中四部丛刊、丛书集成零本很多，价钱也便宜，我买了不少。直到现在，四部丛刊的书，还有满满一个书柜。丛书集成的零本，虽然在佟楼，别人给糊里糊涂地卖去一部分，留下的还是不少，它的书型和商务的另一种大型丛书——万有文库相同，现在合起来，占据半个书柜。剩下的半个书柜，叫商务的国学基本丛书占用。

此外，还买了不少中华书局的四部备要零本，都是线装——其中包括十几种正史。

这些书中，大部分是史部书。书是零星买来的，我阅读时，并没有系统。比如我买来一部《建炎以来朝野杂记》，认真地读过了，后来又遇到《建炎以来系年要录》，我就又买了来，但因为部头太大，只是读了一些部分。读书和买书的兴趣，都是这样引起，像顺藤摸瓜一样，真正吞下肚的，常常是那些小个的瓜，大个的瓜，就只好陈列起来了。

还有一个例子，进城不久，我买了一部《贞观政要》，对贞观之治和初唐的历史，发生了兴趣，就又买了《大唐创业起居注》、《隋唐嘉话》、《唐摭言》（鲁迅先生介绍过这本书）、《唐鉴》、《唐会要》等书。这些书都是认真读过了的。

还有一个小插曲：五十年代，当一个朋友看到我的书架上有《贞观政要》一书，就向别人表扬我，说："谁说孙犁不关心政治？"其实，我是偶然买来，偶然读了，和"关心政治"毫无关系。

又例如：我买了一部《大唐西域记》，后来就又买了《大唐玄奘法师传》。这部书是大汉奸王揖唐为他父亲的亡灵捐资刻印的，朱印本，很精致，只花了八角钱，卖书小贩还很高兴。再例如，因为从《贞观政要》，知道了魏徵，就又买了他辑录的《群书治要》，这当然已非史书。

买书就像蔓草生长一样,不知串到哪里去。它能使四部沟通,文史交互。涉猎越来越广,知识越来越增加。是一种收获,也是一种喜悦。

我买的史部书很多,在《书目答问》上,红点是密密的,尤其是杂史、载记部分。关于靖康、晚明、清初、太平天国的书,如《靖康传信录》《松漠纪闻》《荆驼逸史》《绥寇纪略》《痛史》《太平天国资料汇编》,都应有尽有。对胜利者虽无羡慕之心,对失败者确曾有同情之意。

但历史书的好处在于:一个朝代,一个人物,一种制度的兴起,有其由来;灭亡消失,也有其道理。这和看小说,自不一样。从中看到的,也不只是英雄人物个人的兴衰,还可看到一个时期,广大人民群众的兴奋和血泪,虽然并不显著。

经过抗日战争、解放战争、土地改革、全国胜利,进入天津以后,我已经到了不惑之年。本来可以安心做些事业了,但由于身体的素质差,精力的消耗多,我突然病了。

有了一些人生的阅历和经验,我对文艺书籍的虚无缥缈、缠绵悱恻,不再感兴趣。即使红楼、西厢,过去那么如醉如痴,倾心的书,也都束之高阁。又因为脑力弱,对于翻译过来的哲学、理论书籍,因为句子太长,修辞、逻辑复杂,也不再愿意去看。我的读书,就进入了读短书,读消遣书的阶段。

中国的史书,笔记小说,成了我这一时期的主要读物。先是读一些与文学史有关的,如《武林旧事》《东京梦华录》《梦粱录》《西湖游览志》等书,进一步读名为地理书而实为文学名著的:《水经注》《洛阳伽蓝记》。由纲领性的历史书,如《稽古录》《纲鉴易知录》,进而读《资治通鉴》《十六国春秋》《十国春秋》等。

这一时期,我觉得历史故事,历史人物,比起文学作品的故事和人物,更引人入胜。《史记》《三国志注》的人物描写,使我叹服不已。《资治通鉴》里写到的人物事件,使我牢记不忘。我曾把我这些感受,同在颐和园一起休养的一位同行,在清晨去牡丹园观赏时,情不自禁地述说了起来,但并没有引起那位同行的同调。

阅读史书,是为了用历史印证现实,也必须用现实印证历史。历史可信吗? 我们只能说:大体可信。如果说完全不可信,那就成了虚无主义。但尽信书不如无书的古训，还是有道理的。

　　读一种史书之前，必须辨明作者的立场和用心，作者如果是正派人，道德、学术都靠得住，写的书就可靠。反之，则有疑问。这就是司马迁、司马光，所以能独称千古的道理。

　　　　　　　　　一九九〇年六月二十一日写讫

慷慨悲歌

司马迁写荆轲列传，在开始，轻描。荆轲的性格，就像一个影子，突然出现在读者面前，渐渐显真。直到："荆轲既至燕，爱燕之狗屠及善击筑者高渐离。荆轲嗜酒，日与狗屠及高渐离饮于燕市，酒酣以往，高渐离击筑，荆轲和而歌于市中，相乐也，已而相泣，旁若无人者。"形象才具现。以后，"荆轲怒，叱太子曰：'……请辞决矣！'遂发。""太子及宾客知其事者，皆白衣冠以送之。至易水之上，既祖，取道，高渐离击筑，荆轲和而歌，为变徵之声，士皆垂泪涕泣。又前而为歌曰：'风萧萧兮易水寒，壮士一去兮不复还！'

复为羽声慷慨，士皆瞋目，发尽上指冠。于是荆轲就车而去，终已不顾。"以后，"秦王闻之，大喜，乃朝服，设九宾，见燕使者咸阳宫。荆轲奉樊於期头函，而秦舞阳奉地图柙，以次进。至陛，秦舞阳色变振恐，群臣怪之。荆轲顾笑舞阳，前谢曰：'北蕃蛮夷之鄙人，未尝见天子，故振慴。愿大王少假借之，使得毕使于前。'秦王谓轲曰：'取舞阳所持地图。'轲既取图奏之，秦王发图，图穷而匕首见。因左手把秦王之袖，而右手持匕首揕之。……"以后，"秦王复击轲，轲被八创。轲自知事不就，倚柱而笑，箕踞以骂曰：'事所以不成者，以欲生劫之，必得约契以报太子也。'"就使荆轲慷慨悲歌，跃然纸上，经百世不能消歇了。

有人说，像这样好的英雄事迹的描写，会成为后人行动的号召和模范，文章使后来的英雄们更果敢机智，胜任愉快地去进行了他们的事业。这是不假的。英雄读过前代英雄的故事，新的行动证明古人的血泪的代价的高贵。

而在荆轲的时代，像荆轲这样的人还是很少的。英雄带有群众的性质，只有我们这个时代。像是一种志向，和必要完成这种志向，死不反顾，从容不迫，却是壮烈的千古一致的内容。

荆轲一个人带着一尺多长的匕首,深入秦廷,后来一些评论家,在武器上着眼,以为荆轲筹备几年的工夫所以失败,而秦王仓促间所以幸存的原因,是匕首的效果不如剑的缘故,都是事外的看法。荆轲很看重他的责任和使命,为了把事情进行得好,甚至说服一个同志自刎了首级。而在这以前还有一个老吏为了证明自己保守这件事的秘密,鼓励荆轲有志这个行动也是自刎了的。因为责任过于重大,荆轲所以采取了上面的动作。

当然这个动作引起了失败。而这一失败以致使燕亡国,但这个失败只能引起对荆轲的怀念,里面不会有所责备了。而司马迁正是在这种心情下面写成这个传记,使荆轲的勇敢、沉着、机智在文章上飘动招手,不断找寻继承者。而在那个时候,个人的冒险的刺杀,对燕国解除秦国的压迫确是一种釜底抽薪的办法。

然而失败了,读者有深深的遗憾和怒愤。这才是英雄的传记。事业留下缺陷,后来的人填补上了。能激起这种填补的热情,就是司马迁文章的效用!

司马迁和荆轲不同时,事件也不过从史书采取。

但他把被历史简单化了的荆轲的面貌,补充起来,使他再生。这个再生法,就是司马迁用自己的感情把他喂养起来的。荆轲辞别燕太子和朋友,易水一条河而已,英雄的慷慨悲歌,才使易水永远呜咽怒愤。被压迫的景仰争解放的勇士,和饥饿的人爱好饮食一样,而迫切的程度高于饮食。荆轲入秦这不过是历史上的一个故事。荆轲也不过是战国的刺客里面的一个,但能遇到司马迁就永远传流了。

而即使是传奇,司马迁也不过当作人间事来写,即使是英雄的行径,也有无数波折和困难。司马迁的感情,直到文章结束还没结束,文章的结束只是作者感情的高潮点,积累的感情就永远像一个瀑布,灌注到各个时代。用高渐离击筑,刺秦王结束了这个英雄的事业,几乎成为一种集体的复仇斗争!这个前仆后继的共同的复仇的要求,形成文章的伟大风格。使那碎了的筑的声音永远颤抖,使那条易水永远呜咽。

一九四二年十二月

读《燕丹子》

—— 兼论小说与传记文学之异同

滕云同志送我一本他所选译的《汉魏六朝小说》。冬夜无事,在炉边读了一篇《燕丹子》。《燕丹子》一书,我有光绪初年湖北崇文书局的百子全书本,为嘉庆年间著名学者孙星衍集校,初未细读也。

《燕丹子》作者不详,旧题燕太子丹撰。据孙星衍序:"古之爱士者,率有传书,由身没之后,宾客纪录遗事,报其知遇。"想来这部书,也是太子的宾客所写。

孙星衍又说:"其书长于叙事,娴于词令,审是先秦古书,亦略与左氏国策相似,学在纵横小说两家之间。"读过以后,觉得他的评价是很恰当的。

此书以记事为目标,原拟成为历史,然叙述夹杂一些传说及荒诞之事,遂为后人定为小说。即使作为小说,因为它有坚实而动人的历史事实,再加上叙述之委婉有致,乃成为古代小说之翘楚。

冬夜读之,为之血涌神驰,寒意尽消。周围沉寂,而心目中的秦廷大乱。此真正小说佳品也,非泛泛者可比。乃取《史记》荆轲传对读之,并记两书写法之异点如下:

一、《燕丹子》共分三卷,第一卷记鞠武,第二卷记田光,第三卷才记荆轲,系一人引出一人。而《史记》一开始就写荆轲。并同时写了与他有关涉的高渐离、盖聂、鲁勾践等。在《燕丹子》中,高渐离只是在易水送别时,露了一次面。《史记》则把他处理成仅次于荆轲的一位侠义之士。

二、在细节中,除去孙星衍提到的:"《国策》《史记》取此为文,削其乌白头马生角及乞听琴声之事,而增徐夫人匕首,夏无且药囊。"《燕丹子》还有荆轲赴秦时,"夏扶当车前刎颈以送",和"行过阳翟,轲买肉,争轻重,屠者辱之,舞阳欲击,轲止之"两个细节,为《史记》所无。

买肉这一细节,对小说很重要,因为表明,荆轲在进行大事中间,不为小事所误的克制精神。而司马迁或者认为,他前面已经写过两次荆轲的这种精神了,不再重复。这在史裁上讲,也是应该的。

小说,一再重复,可加强人物性格和故事效果,但也要得当。《燕丹子》的处理,还是得当的。

司马迁的荆轲传,现在通称为"传记文学",然其本质仍为历史。所谓传记文学,只是标明:司马迁的历史著作,同时具有文学的价值与功能。作为历史,选材就应该更严格一些。荆轲刺秦,是一大悲剧。这一事件的失败,在当时是震动了千万人的心灵的。并且关系到了对荆轲这一人物的评价。司马迁不能不找出其失败的原因:太子催促太紧,荆轲没得与他等待的那位客同行,而与秦舞阳同行,荆轲在出发之前,就看出这个人不行了。小说对于失败,则不必有结论,任人想象去好了。

三、《史记》没有采用《燕丹子》中的,用金子投青蛙,吃千里马肝,砍美人手等细节,这是司马迁的高明之处。小说可以这样写,民间可以这样传说,作为人物传记,这些材料,只会伤害荆轲的形象。

四、至于《史记》不采用《燕丹子》中的乌白头,马生角,是因为荒诞。不采用它的乞听琴声,是因为虚构。乞听琴声的原文为:"秦王曰:今日之事,从子计耳。乞听琴声而死。召姬人鼓琴。琴声曰:罗縠单衣,可掣而绝。八尺屏风,可超而越。鹿卢之剑,可负而拔。轲不解音。秦王从琴声负剑拔之,于是奋袖超屏风而走。轲拔匕首掷之,决秦王耳,入铜柱,火出燃。"

在那样紧张的局面下,间不容发,哪有这种闲情逸致,这等从容?当然是不可能的。入铜柱,火出燃,却比《史记》所写,更为有声有色。

《史记》虽不采这两件事,但放在小说中,还是可以的,能引起人们的一些联想。群众会这样想:啊,所以没有成功,是上了秦王的当呀!

五、《燕丹子》一书,就在这个地方终止了。《史记》却在荆轲刺秦失败之后,又写了高渐离的不寻常的举动,又写了鲁句践感叹的话。使文末摇曳生风,更拨动了读者怀古的思绪,增加了作品的悲剧效果。

耕堂曰:历史与小说之分野,在于虚构之有无。无虚构即无小说,正如无冲突即无戏剧。然在中国,历史与小说，实亦难分。有时历史的生动，如同小说，有时小说的翔实，超过历史。而历史家有时也从小说取材，小说从历史取材，则更为多见。但文体不能混淆，历史事实，有时虽出人意想，不得称为小说；小说虚构多么合情合理，也不得当作历史事实。《燕丹子》与荆轲传，题材无出入，人物无等差，古人已因其有无虚构，判为泾渭。文体虽不同，写作艺术，仍有高下之别。仔细推敲，《史记》的剪裁塑造为胜。学者认为《燕丹子》成书于前，《史记》采摘之，亦未必然。要是秦汉之际，关于这一次政治性大事件的记载，关于荆轲事迹的传述，不会是一种，而是多种。其中有事实，有传说。事实有传闻异词，传说有夸张想象，记载有繁简取舍，不会一致。《燕丹子》为其中之精粹完备者耳。

一九八六年十一月二十九日

读《史记》记（上）

一

裴骃《史记集解序》：

班固有言曰："司马迁据左氏、国语，采世本、战国策，述楚汉春秋，接其后事，讫于天汉。其言秦汉详矣。至于采经摭传，分散数家之事，甚多疏略，或有抵捂。亦其所涉猎者广博，贯穿经传，驰骋古今上下数千载间，斯已勤矣。又其是非颇谬于圣人，论大道则先黄老而后六经，序游侠（耕堂按：索隐以刺客为游侠，非也）则退处士而进奸雄，述货殖则崇势利而羞贱贫：此其所蔽也。然自刘向、扬雄博极群书，皆称迁有良史之才，服其善序事理，辩而不华，质而不俚，其文直，其事核，不虚美，不隐恶，故谓之实录。"以为"固之所言，世称其当"。

耕堂曰：以上，裴骃（裴松之之子）具引班固论司马迁之言，并肯定之。读《史记》前，不可不熟读此段文字，并深味之也。班之所论，不只对司马迁，得其大体，且于文章大旨，可为千古定论矣。短短二百字，说明了以下几个问题：（一）《史记》所依据之古书；（二）《史记》叙事起讫；（三）《史记》详于秦汉，而略于远古；（四）班固所见《史记》缺处；（五）班固总结自刘、扬以来，对《史记》之评价，并发挥己见，即所谓实录之言，为以后史学批评、文学批评，立下了不能改易的准则。

事理本不可分。有什么理，就会叙出什么事；叙什么事，就是为的说明什么理。作家与文章，主观与客观，本是统一体，即无所谓主体、客体。过于强调主体，必使客体失色；同样，过于强调客体，亦必使主体失色。

辩而不华，质而不俚，也是很难做到的，要有多方面的（包括观察、理解、文辞）深厚的修养。因为既辩，就容易流于诡；质，就容易流于俗。辩，是一种感情冲动，易失去理智；文章只求通"俗"哗众，就必然流于俚了。

至于"文直、事核、不虚美、不隐恶"，就更非一般文人所能做到。因为这常常涉及到许多现实问题：作家的荣辱、贫富、显晦，甚至生死大事。所以这样的文章、著述，在历史上就一定成为凤毛麟角，百年或千年不遇的东西了。

奉劝有志于此的同道们，把班固这三十个字，写成座右铭。

希望当代文士们，以这三十个字为尺度，衡量一下自己写的文字：有多少是直的，是可以核实的，是没有虚美的，是没有隐恶的。

然而，这又都是呆话。不直，可立致青紫；不实，可为名人；虚美，可得好处；隐恶，可保平安。反之，则常常不堪设想。班固和司马迁，本身的命运，就证实了这一点。

无论班固之评价司马迁,或裴骃之论述班固,究竟都是后人议论前人,不一定完全切当,前人已无法反驳。班固指出的司马迁的几点"是非",因为时代不同,经验不同,就不一定正确。这就是裴骃所说的:"人心不同,闻见异辞。"

二

班固谓:论大道,则先黄老而后六经。《史记正义》曰:

> 大道者,皆禀乎自然,不可称道也。道在天地之前,先天地生,不知其名,字之曰"道"。黄帝、老子遵崇斯道,故太史公论大道,须先黄老而后六经。

耕堂曰: 以上,余初不知其所指也。后检夏曾佑《中国古代史》,有《文帝黄老之治》一节,所言不过慈俭宽厚。又有《黄老之疑义》一节,读后乃稍明白。兹引录该节要点如下:

一、汉时与儒术为敌者，莫如黄老。

二、黄老之名，始见《史记》。曾出现多次。

三、《史记》以前，未闻此名。

四、实与黄帝无涉，与老子亦无大关系。

五、司马迁的父亲司马谈，曾学道论于黄生，黄学贵无而又信命，故曰黄老。

六、汉时民间盛行壬禽占验之术，谓之黄帝书。是民间日用之书。黄老学者，即以此等书而合之老子书，别为一种因循诡随之言。

七、汉高、文、景诸帝，皆好黄老术，不喜儒术。以窦太后（景帝之母）为甚，当她听到儒生说黄老之学，不过是"家人言"（即僮隶之言）时，就大怒骂人："安得司空城旦书乎！"并命令该人下圈刺猪。那时的猪，是可以伤人的。那人得到景帝的喑助，才得没有丧命。

延安整风时，曾传说，知识分子无能为，绑猪猪会跑，杀猪猪会叫。

"文革"时各地干校，多叫文弱书生养猪，闹了不少笑话。看来，自古以来，儒生与猪，就结下了不良因缘。然从另一角度，亦反映肉食者鄙一说之可信。本是讨论学术，当权者可否可决，何至如此恶作剧！

三

夏曾佑还指出：司马迁在自序中引其先人所述六家指要，归本道家，此老学也。

在这段著名的文字中，司马谈以为：阴阳家多忌讳，使人拘而多所畏；儒者博而寡要，劳而少功；墨者俭而难遵；法家严而少恩；名家使人俭而善失真。

而道家能使人精神专一，动合无形，赡足万物。其为术也，因阴阳之大顺，采儒墨之善，撮名法之要，与时迁移，应物变化，立俗施事，无所不宜，指约而易操，事少而功多。

司马迁遵循了以上见解，形成他的主要思想和人生观，这是没有疑义的。他这种黄老思想，当然已经有别于那种民间的占卜书，也有别于窦太后的那种僵化和固执。是思想家的黄老思想，作家的黄老思想。这种思想，必然融化在他的写作之中。

黄老思想，很长时期，贯穿在中国文学创作长河之中。这种思想，较之儒家思想，更为灵活开放一些，也与文学家的生活、遭遇，容易吻合。更容易为作家接受。

耕堂曰：作家必有一种思想，思想之形成，有时为继承传统，有时因生活际遇。际遇形成思想，思想又作用于生活，形成创作。此即所谓天人之际。

人心不同，即思想各异，文人、文章遂有各式各样。然具备自身的思想，为创作的起码条件，具备自身的生活经历，则为另一个基本条件。两相融合、激发，才能成为作品。

然文场之上，亦常出现，既无本身思想，亦无本身生活的人。从历史上看，此等文人，约分数型：有的，呼啸跳跃，实际是喽啰角色。或为大亨助威，或为明星摇旗。有的，以文场为赌场，以文字为赌注，不断在政治宝案上押宝。有时红，有时黑，有时输，有时赢，总的说来，还算有利可图，一般处境不错。但有时，情急眼热，按捺不住，赤膊上阵，把身子也赌上去，就有些冒险了。有的，江湖流氓习气太盛，编故事，造谣言，卖假药，戴着纸糊的桂冠，在街头闹市招摇。有的，身处仕途，利用职权之便，拉几位明星作陪，写些顺水推舟，随波逐流，不痛不痒的文章发表，一脚踏在文艺船上，一脚踏在政治船上，并准备着随时左右跳跃的姿态。此种人，常常一举两得，事半功倍。

然都是凑热闹，戏一散，观众也就散了。

四

历代研究《史记》的学者，对班固的论点，也并不是完全同意的。裴骃说："班氏所谓'疏略抵牾'者，依违不悉辩也。"比较含蓄。张守节的《史记正义》，则对班氏进行尖锐反批评，并带有人身攻击的气味。他认为："作史之体，务涉多时，有国之规，备陈臧否，天人地理咸使该通。"他认为这是司马迁的著述精神。

"班固诋之，裴骃引序，亦通人之蔽也。而固作《汉书》，与《史记》同者五十余卷，谨写《史记》，少加异者，不弱即劣，何更非薄《史记》？乃是后士妄非前贤。又《史记》五十二万六千五百言，叙二千四百一十三年事，《汉书》八十一万言，叙二百二十五年事，司马迁引父致意；班固父修而蔽之，优劣可知矣！"此即有名的"班马优劣论"，多为后人好事者所称引，其实是没有道理的。班固指出的缺点，并非诋毁；多少年写多少字，是因为今古不同、时间有远近，材料有多少造成。并非文章繁简所致。称引先人与否，不能决定作品的优劣。张守节因治《史记》，即大力攻击《汉书》，殆不如裴骃之客观公正矣。

"正义"并时有矛盾。在后面谈到班固指出的这三条缺点时，他又说："此三者是司马迁不达理也。"使人莫名其妙。

先黄老，上面已经谈过。序游侠，羞贱贫，前人多以为，司马迁所以着意于此，多用感情，是与其身世有关。如遭到不幸，无人相助，家贫不能自赎等等。这都是有道理的，通人情的。但我以为，并非完全是这么回事。司马迁以续《春秋》自任，六艺之中，特重史学。史学之要，存实而已，发微而已。时代所有者，不能忽略；世人不注意，当先有所见，并看出问题。他对游侠、货殖，都看做是社会问题，时代症结。游侠在当时已形成能影响政治的一种势力，从缓解大政治犯季布的案子，即可明显看出。在货殖方面，司马迁详细记录了当时农、工、商各界的生产流通情况，它们之间的关系，以及对政治的影响。都是做了深入调查，经过细心研究，才写出的。两篇列传，都是极其宝贵的历史文献。

耕堂曰：以上所述，可以看出，班固指摘《史记》三点错误，实不足为《史记》病，反彰然表明，实为《史记》之一大特色，一大创造。

各行各业，均有竞争，竞争必有忌妒。学者为了显露自己，不能不评讥前人。如以正道出之，犹不失为学术。如出自不正之心，则与江湖艺人无异矣。

近人为学者，诋毁前人之例甚多，否定前人之风甚炽。并非近人更为沉落不堪，实因外界有多种因素，以诱导之，使之急于求成，急于出名，急于超越。如文化界之分为种种等级，即其一端。特别是作家，也分为一、二、三等，实古今中外所从未闻也。有等级，即有物质待遇、精神待遇之不同，此必助长势利之欲。其竞争手段，亦多为前所未有。结宗派，拉兄弟。推首领，张旗帜。花公家钱，办刊物，出丛书，培养私人势力，以及乱评奖等等。

以上，均于学术无益，甚至与学术无关，亦不能出真正人才。但往往能得到现实好处，为浅见者所热衷。

原载一九九〇年四月十三日《天津日报·满庭芳》

读《史记》记（中）

一

《太史公自序》：

迁生龙门，耕牧河山之阳。年十岁则诵古文。（耕堂按：包括古文《尚书》《左传》《国语》系本等书。）二十而南游江、淮，上会稽，探禹穴，窥九疑，浮于沅、湘；北涉汶、泗，讲业齐、鲁之都，观孔子之遗风，乡射邹、峄；厄困鄱、薛、彭城，过梁、楚以归。于是迁仕为郎中，奉使西征巴、蜀以南，南略邛、笮、昆明，还报命。

以上是司马迁自叙幼年生活、读书，以及两次旅行所至地方。这些，都是《史记》一书，创作前的准备，即学识与见闻的准备。自司马迁创读书与旅行相结合，地理与历史相印证，所到一处，考察民风，收集口碑遗简，这一治学之道，学者一直奉为准则，直至清初顾炎武，都是如此去做。

后面接着叙述，他如何受父命、下决心，完成这一历史著作：

小子不敏，请悉论先人所次旧闻，弗敢阙。

卒三岁而迁为太史令，䌷史记（耕堂按：抽彻旧书故事而次述之、缀集之）石室金匮之书。

这还是材料准备阶段，共用五年时间。《史记》正式写作，于武帝太初元年。又七年以后，司马迁遭李陵之祸，写作受到很大打击。在反复思考以后，终于继续写下去，完成了这部空前绝后的著作。

当时的汉朝，并不重视学术文化，他这部呕心沥血的著作，也没有人过问。《史记》的第一个读者，是著名的滑稽人物东方朔。东方朔确是一个饱学之士，文辞敏捷。但皇帝也只是倡优畜之，正在过着"隐于朝廷""隐于金马门"的无聊生活。志同道合，司马迁引他为知己，把著作先拿给他看。东方朔的信条是："崛然独立，块然独处；与义相扶，寡偶少徒"。司马迁的信条是："不趋势利，不流世俗"。两个人所以能说到一处。东方朔在司马迁的书上，署上"太史公"三个字。后人遂以《史记》为太史公书。

> 班固说：迁既死，其书稍出。宣帝时，迁外孙平通侯杨恽祖述其书，遂宣布焉。

据司马贞《史记索隐序》，司马迁的《史记》，因为"比于班书，微为古质，故汉晋名贤未知见重"。它的流传，以及研究注释，远远不及班固的《汉书》热闹。很长时间，是不为人知，处境寂寞的。

二

关于司马迁及其《史记》,原始材料很少,研究者只能根据他的自序。班固所为列传,只多《报任安书》一文,其余亦皆袭自序。

耕堂曰:后之论者,以为《史记》一书,乃司马迁发愤之作。然发愤二字,只能用于李陵之祸以后;以前,钦念先人之提命,承继先人之遗业,志立不移,只能说是一种坚持,一种毅力,一种精神。这种精神,遇到意外的打击、挫折,不动摇,不改变,反而加强,这才叫做发愤。发愤著书,这种人生意境,很难说得清楚,惟有近代"苦闷的象征"一词,可略得其仿佛。

凡是一种伟大事业,都必有立志与发愤阶段。立志以后,还要有准备。司马迁的准备,前面已经说过了。

人们都知道,志大才疏,不能完成伟大的事业。但才能二字,并非完全是天地生成,要靠个人努力,和适当的环境。努力和环境,可以发展才能,加强才能。

所谓才能,常常是在一个人完成了一种不平凡的工作之后,别人加给他的评语,而不是在什么也没有做出之时,自己给自己作的预言。自认有才,或自称有才，稍为自重的人，也多是在经过长期努力，在一种事业上，做出一定成绩的时候，才能如此说。

在历史上，才和不幸，和祸，常常联在一起。在文学上，尤其如此。所谓不幸、祸，并非指一般疾病，夭折，甚至也不指天灾；常常是指人祸。即意想所不及，本人及其亲友，均无能为力，不能挽救的一种突然事变，突然遭际。司马迁所遭的李陵之祸，他在《报任安书》中，叙述、描绘的，事前事后的情状，心理，抉择，痛苦，可以说是一个有才之士，在此当头，所能作的，最为典型、最为生动的说明了。

这种不幸，或祸，常常与政治有密切联系，甚至是政治的直接后果。姑不论司马迁在书信前面，列举的西伯以下八个王侯将相，他们之遭祸，完全是政治原因，他们本身就是政治。即后面他所引述的文王以下，七个留有著作的人，其遭祸，也无不直接与政治有关。

司马迁把遭祸与为文，联结成一个从人生到创作的过程，称之为：

此人皆意有所郁结，不得通其道，故述往事，思来者。……以舒其愤，思垂空文以自见。

这是一个极端不幸,极端痛苦的过程,是一个极端令人伤感的结论。更不幸的是,这个结论为历史所接受,所承认,所延演,一无止境。

三

《秦始皇本纪》:

> 丞相李斯曰:"五帝不相复,三代不相袭,各以治,非其相反,时变异也。今陛下创大业,建万世之功,固非愚儒所知。且越(耕堂按:博士齐人淳于越)言乃三代之事,何足法也?异时诸侯并争,厚招游学。今天下已定,法令出一,百姓当家则力农工,士则学习法令辟禁。今诸生不师今而学古,以非当世,惑乱黔首。丞相臣斯昧死言:古者天下散乱,莫之能一,是以诸侯并作,语皆道古以害今,饰虚言以乱实,人善其所私学,以非上之所建立。今皇帝并有天下,别黑白而定一尊。私学而相与非法教,人闻令下,则各以其学

议之。入则心非，出则巷议，夸主以为名，异取以为高，率群下以造谤。如此弗禁，则主势降乎上，党与成乎下。禁之便。臣请史官非秦记皆烧之。非博士官所职，天下敢有藏诗、书、百家语者，悉诣守、尉杂烧之。有敢偶语诗书者弃市。以古非今者族。吏见知不举者与同罪。令下三十日不烧，黥为城旦。所不去者，医药卜筮种树之书。若欲有学法令，以吏为师。"制曰："可。"

耕堂曰： 以上为秦始皇时，李斯著名之建言，焚书坑儒之原始文件。余详录之，以便诵习，加深对这一历史事件的准确印象。李斯说这段话之前，是一位武官称颂始皇的功德，始皇高兴；接着是一位博士，要始皇法效先王，始皇叫李斯发表意见。

这一事件的要害处，为"以古非今"。这事件的发生，是在秦始皇三十四年，即他的晚年，功业大著，志满骄盈之时。他现在所想的，一是巩固他的统治，一是求长生。巩固统治，李斯的主张，往往见效。长生之术，则只有方士，才能帮忙。看来，此次打击的对象是儒，重点是诗书（诗书，也不是全烧掉，博士所职,还可以保存)。但这时的儒生和方士并分不清楚,实际是搅在一起。始皇发怒,以致坑儒,是因为给他求仙药的人(侯生和卢生)逃走了,那入坑的四百六十余人,有多少是真正的儒生,也很难说了。

儒家的言必称尧舜,在孔子本身就处处碰壁,在政治上行不通。但儒家的参政思想很浓,非要试试不可。上述故事,是儒家在政治生活中,和别的"家"(表面看是和法家)的一次冲突较量,一次彻底的大失败。既然并立朝廷,两方发言,机会均等,即为政治斗争。后人引申为知识与政治的矛盾,或学术与政治的矛盾,那就有些夸大了。但这次事件是一个开端,以后的党锢、文字狱、廷杖等等士人的不幸遭遇,都是沿着这条路走下来的。这也算是古有明训吧!

四

政治需要知识和学术,但要求为它服务。历史上从未有过不受政治影响的学术,政治要求行得通见效快的学术,即切合当前利益的学术。也可以说它需要的是有办法的术士,而不是只能空谈的儒生。所以法家、纵横家，容易受到重任。

儒家虽热衷政治，然其言论，多不合时宜，步入这一领域，实在经历了艰难的途径。最初与方士糅杂，后通过外戚，甚至宦竖，才能接近朝廷。其主旨信仰，宣扬仍旧，其进取方式，则不断因时势而变易。既如此，就得随时吸收其他各家的长处，孔孟之道，究竟还留有多少，也就很难说了。所以司马迁论述儒家时，也只承认它的定尊卑、分等级了。

在儒学史上，真正的岩穴之士，是很少见的。有了一些知识，便求它的用途，这是很自然的。儒生在求进上，既然遇到阻力，甚至危险，聪明一些的人，就选择了其他的途径。《史记》写到的有两种人：一是像东方朔那样，身处庙堂，心为处士，虽有学识，绝不冒进，领到一份俸禄，过着平安的日子，别人的挖苦嘲笑，都当耳旁风。另一种则是像叔孙通这样的人。《叔孙通列传》：

> 于是叔孙通使征鲁诸生三十余人。鲁有两生不肯行，曰："公所事者且十主，皆面谀以得亲贵。今天下初定，死者未葬，伤者未起，又欲起礼乐。

礼乐所由起，积德百年而后可兴也。吾不忍为公所为。公所为不合古，吾不行。公往矣，无污我。"叔孙通笑曰："若真鄙儒也，不知时变。"

当叔孙通替刘邦定好朝仪以后：

于是高帝曰："吾迺今日知为皇帝之贵也。"乃拜叔孙通为太常，赐金五百斤。叔孙通因进曰："诸弟子儒生随臣久矣，与臣共为仪，愿陛下官之。"高帝悉以为郎。叔孙通出，皆以五百斤金赐诸生。诸生迺皆喜曰："叔孙生诚圣人也，知当世之要务！"

司马迁虽然用了极其讽刺的笔法，写了这位儒士诸多不堪的言词和形象，但他对叔孙通总的评价，还是：

叔孙通希世度务制礼，进退与时变化，卒为汉家儒宗。"大直若诎，道固委蛇"，盖谓是乎？

这是司马迁，作为伟大历史家的通情达理之言。因为他明白：一个书生，如果要求得生存，有所建树，得到社会的承认，在现实条件下，也只能如此了。他着重点出的，是"与时变化"这四个字。这当然也是他极度感伤的言语。

汉武帝时，听信董仲舒的话，独尊儒术，罢黜百家，并不是儒家学说的胜利，是因为这些儒生，逐渐适应了政治的需要。就是都知道了"当世之要务"。

一九九〇年三月六日

读《史记》记（下）

一

司马迁在写作一篇本纪，或一篇列传时，常常在文后，叙述一下自己对这个地方，或这个人物的亲身见闻。即自己的考察、感受、体验心得，以便和写到的人和事，相互印证，互相发挥，增加正文的感染力量，增加读者的人文、文史方面的知识、兴趣。兹抄录一些如下：

余尝西至空桐，北过涿鹿，东渐于海，南浮

江淮矣。至长老皆各往往称黄帝、尧、舜之处，风教固殊焉。(《五帝本纪》)

太史公曰：诗有之："高山仰止，景行行止。"虽不能至，心向往之。余读孔子书，想见其为人。适鲁，观仲尼庙堂车服礼器，诸生以时习礼其家，余只回留之不能去云。(《孔子世家》)

吾尝过薛，其俗闾里率多暴桀子弟，与邹、鲁殊。问其故，曰："孟尝君招致天下任侠，奸人入薛中盖六万余家矣。"世之传孟尝君好客自喜，名不虚矣。(《孟尝君列传》)

太史公曰：吾适北边，自直道归，行观蒙恬所为秦筑长城亭障，堑山堙谷，通直道，固轻百姓力矣。(《蒙恬列传》)

有时是记一些异闻，如：

太史公曰：世言荆轲，其称太子丹之命，"天

雨粟，马生角"也，太过。又言荆轲伤秦王，皆非也。始公孙季功、董生与夏无且游，具知其事，为余道之如是。(《刺客列传》)

他否定了一些关于燕太子丹和荆轲的传说。而他得到的材料，则是出自曾与夏无且交游过的人。夏无且，大家都知道，就是荆轲刺秦王，殿廷大乱的时候，用药囊投掷荆轲的那位侍医。这样，他的材料，自然就具有很大的权威性。

有时是见景生情，发一些感慨：

太史公曰：余读《离骚》《天问》《招魂》《哀郢》，悲其志。适长沙，观屈原所自沉渊，未尝不垂涕，想见其为人。(《屈原贾生列传》)

太史公曰：吾适丰沛，问其遗老，观故萧、曹、樊哙、滕公之家，及其素，异哉所闻！方其鼓刀屠狗卖缯之时，岂自知附骥之尾，垂名汉廷，德流子孙哉？(《樊郦滕灌列传》)

二

对历史事件，司马迁有自己的见解；对历史人物，司马迁常常流露他对这一人物的感情。这种感情的流露，常常在文章结尾处，使读者回肠荡气。这是历史家的评判。但又绝不是以主观好恶，代替客观真实。最明显的例子，是对于刘、项。在《项羽本纪》之末，司马迁流露了对项羽的极深厚的同情，甚至把项羽推崇为舜的后裔。对他的失败，表现了极大的惋惜。但项羽的失败，是历史事实。司马迁又多次写到：项羽虽然尊重读书人，但吝惜官爵；刘邦虽多次污辱读书人，对封赏很大方，"无耻者亦多归之"，终于胜利。历史著作，除占有材料，实地考察，无疑也是很重要的。司马迁所到之处，都进行探寻访问，这种精神，使他的《史记》，不同凡响。后人修史，就只是坐在屋里整理文字材料了，也就不会再有《史记》这样的文字。

司马迁虽有黄老思想，但在一些伦理、道德问题的判断上，还是儒家的传统。他很尊重孔子，写了《孔子世家》，又写了弟子们的传记。记下了不少孔子的逸事和名言。他也记下了老子、庄子。对韩非子的学说，他心有余痛，详细介绍了《说难》一篇。其中所谓："宽则宠名誉之人，急则用介胄之士。今昔所养非所用，所用非所养。"今日读之，仍觉十分警策。在学术上，他是兼收并蓄的，没有成见的。析六家之长短，综六艺之精华，《史记》的思想内涵，是博大精深的。

耕堂曰：余尝怪：古时文人，为何多同情弱者、不幸者及失败者？盖彼时文人自己，亦处失意不幸之时。如已得意，则必早已脑满肠肥，终日忙于赴宴及向豪门权贵献殷勤去矣，又何暇为文章？即有文章，也必是歌功颂德，应景应时之作了。

三

耕堂曰：《史记》出，而后人称司马迁有史才。然史才，甚难言矣。班固"实录"之论，当然正确，亦是书成后，就书立论，并未就史才形成之基础，作全面叙述。

文才不难得，代代有之。史才则甚难得。自班马以后，所谓正史，已有二十余种，越来部头越大，而其史学价值，则越来越低。这些著述多据朝廷实录，实录非可全信，所需者为笔削之才。自异代修史，成为通例以来，诸史之领衔者，官高爵显；修撰者，济济多士，然能称为史才者，则甚寥寥。因多层编制，多人负责，实已无人负责。褒贬一出于皇命，哪里还谈得上史德、史才！

我以为史才之基础为史德，即史学之良心。良心一词甚抽象，然正如艺术家的良心一词之于艺术，只有它，才能表示出那种认真负责的精神。

司马谈在临死时，告诉儿子：

"今汉兴，海内一统，明主贤君忠臣死义之士，余为太史而弗论载，废天下之史文，余甚惧焉，汝其念哉！"迁俯首流涕曰："小子不敏……"

这就是父子两代，史学良心的发现和表露。

用现在的名词说，就是史学的职业道德。这种道德，近年来不知有所淡化否，如有，我们应该把它呼唤回来。

史学道德的第一条，就是求实。第二就是忘我。

写历史，是为了后人，也是为了前人，前人和后人，需要的都是真实两个字。前人，不只好人愿意留下真实的记载和形象；坏人，也希望留下真实的记载和形象。夸大或缩小，都是对历史人物的污蔑，都是作者本身的耻辱。慎哉，不可不察也。

史才的表现，非同文才的表现。它第一要求内容的真实；第二要求文字的简练。史学著作，能否吸引人，是否能传世，高低之分全在这两点。司马贞在《史记索隐后序》中，称赞司马迁："其人好奇而词省，故事核而文微。"事核就是真实；词省、文微，就是简练。

添油加醋，添枝加叶，把一分材料，写成十分，乱加描写，延长叙述，投其所好，取悦当世，把干菜泡成水菜等等办法，只能减少作品的真正分量，降低作者的著述声誉。

至于有意歪曲，着眼势利，那就更是史笔的下流了。

今有所谓纪实文学一说。纪实则为历史；文学即为创作。过去有演义小说，然所据为历史著作，非现实材料。现在把历史与创作混在一起，责其不实，则诡称文学；责其不文，则托言纪实。实顾此失彼，自相矛盾，两不可能也。

所谓忘我，就是忘记名利，忘记利害，忘记好恶，忘记私情。客观表现历史,对人对己,都采取:"死后是非乃定"的态度。

当代人写当代事,牵扯太多,实在困难。不完全跳出圈外,就难以写好。沈约《宋书·自序》说:

> 进由时旨,退傍世情,垂之方来,难以取信。事属当时,多非实录。

班固能撰《汉书》,是史学大家。据说他写的"当代史料",几不可读。这就是刘知几说的:"拘于时"的著作,不易写好。

能撰写好前代史传,而撰写不好当代的事,这叫"拘于时"。而司马迁从黄帝写到汉武帝,从古到今,片言只字,人皆以为信史。班固的《汉书》,有半部是抄录《史记》。就不用说,后代史学界对他的仰慕了。这源于他萌发了史学的良心。

四

我有暇读了一些当代人所写的史料。其写作动机,为存史实者少，为个人名利者多。道听途说，互相抄袭，以讹传讹，并扩张之。强写伟人、名人，炫耀自己；拉长文章，多换稿费。有的胡编乱造，实是玷污名人。而名人多已年老，或已死去，没有精力，也没有机会，去阅读那些大小报刊，无聊文字，即使看到，也不便或不屑去更正辩驳。如此，这些人就更无忌惮。这还事小，如果以后，真的有人，不明真伪，采作史料，贻害后人，那就造孽太大了。

这是我的杞忧。其实，各行各业，都有见要人就巴结，见名人就吹捧的脚色。各行各业，都有靠山吃山，靠水吃水的人。有时是帮忙，多数是帮闲，有时是吹喇叭，有时是敲边鼓。你得意时，他给你脸上搽粉；你失意时，他给你脸上抹黑。

但历史如江河，其浪滔滔，必将扫除一切污秽，淘尽一切泥沙。剥去一切伪装，削去一切芜词。黑者自黑，白者自白。伟者自伟，卑者自卑。各行各业，都有玩闹者，也不乏严肃工作的人。历史，将依靠他们的筛选、澄清，显露出各个事件，各个人物，本来的面目。

一九九〇年三月九日写讫

读《史记》记（跋）

清人有关《史记》之著述甚多，多为读书笔记。最有名者，为王念孙、王引之父子之读书杂志。我有金陵书局刻本。此书，我在中学读书时，谢老师即为介绍，极为推崇。然中学生《史记》原书，尚未读懂，更未全读。此师以己之所好，推及于学生，实无的放矢也。今日读之，兴趣亦寡。序言，略有情致，其他皆个别文字之考证，甚干燥无味。我尚购有王鸣盛、钱大昕、赵翼之著作，皆为中华书局近年排印本。其治学方法与王氏同，亦皆未细读。近人整理的郭嵩焘之《史记札记》，考据之外，还有些新意。一个时代，有一个时代的治学方法，治学爱好，终生孜孜，流连忘返。这种意趣，后人是难以想象的。此后，鲁迅先生于《史记》研究，颇有新的见解，惜《汉文学史纲要》一书中，论及司马迁者，文字不多。

其实，《史记》有集解、索隐、正义，再加上乾隆四年校刊时之考证，对于读这部书，文义上的理解，文字上的辨认，也就可以了。再多，只能添乱，于读原书，并无多大好处。所以，我读古书，总是采取硬读、反复读的笨法子，以求通解。

我有两种《史记》：一为涵芬楼民国五年影印武英殿本。一为中华书局四部备要本，此本也是据武英殿本排印的，余虑其有误植，故参照影印本。这两种本子，拿放都很轻便，字大清楚，便于老人阅读。

我没有购买中华书局近年标点的本子。我用的本子，都没有断句，更没有标点。此次引文，标点都是我试加的，容有错误。发表前，请张金池同志，逐条参照中华标点本，以求改正。这是很麻烦的事，应当感谢。

我以为：读书应首先得其大旨，即作者之经历及用心。然后，就其文字内容，考察其实学，以及由此而产生之作家风格。我这种主张，不只自用于文学作品，亦自用于史学著作。至于个别字句之考释，乃读书之末节。

黄卷青灯，心参默诵，是我的读书习惯。此次读《史记》，仍旧用这种办法。然而究竟是老了，昨夜读到哪里，今夜已不省记。读时有些心得，稍纵即又忘记。欲再寻觅，必需检书重读，事倍而功半。

但还是读下去，每晚躺在床上，读一卷，或仅读数页。本纪、世家、列传，及卷首卷尾部分，总算粗读一过。其他，实仍未读也。回忆自初中时，买一部《史记菁华录》，初识此书。时至今日，用功仅仅如此，时间之长，与收获之少，可使人惭愧。读书，读书，一个人的一生，究竟能真正读多少好书，只能自己心中有数了。

至于行文之时，每每涉及当前实况，则为鄙人故习，明知其不可，而不易改变者也。

一九九〇年三月十一日晨记

读《前汉书卷五十七·司马相如传》

卷六十四,《严助传》:
司马相如的时代背景。

　　是时征伐四夷,开置边郡,军旅数发,内改制度,朝廷多事,屡举贤良文学之士。公孙宏起徒步,数年至丞相,开东阁,延贤人,与谋议。……其尤亲幸者:东方朔、枚皋、严助、吾丘寿王、司马相如。相如常称疾避事,朔、皋不根持论,上颇俳优畜之。唯助与寿王见任用,而助最先进。

以上，说明司马相如，进入官场，同伴数人，表现各有不同，朝廷待遇也不一样。东方朔和枚皋，因"议论委随，不能持正，如树木之无根柢"（颜师古注），而被轻视。严助、吾丘寿王，勇于任事，虽被重用，而后来都被杀、被族。司马相如的表现，却是"常称疾避事"。这是他的特点。

但如果一点事也不给朝廷做，汉武帝也不能容他。他曾以很高贵的身份，出使巴蜀，任务完成得不错。

又据本传：

> 后有人上书，言相如使时受金，失官。居岁余，复召为郎。相如口吃，而善著书，常有消渴病，与卓氏婚，饶于财。故其事宦，未尝肯与公卿国家之事。常称疾闲居，不慕官爵。

以上，说明司马相如，既有生理上的缺陷，又有疾病的折磨。家境不错，不像那些穷愁士子，一旦走入官场，便得意忘形，急进起来。另外，他有自知之明，以为自己并非做官的材料。像严助等人，必须具备如下的条件：既有深文之心计，又有口舌之辩才。这两样，他都不行，所以就知难而退，专心著书了。

他也不像一些文人，无能为，不通事务，只是一个书呆子模样。他有生活能力。他能交游，能任朝廷使节，会弹琴，能恋爱，能干个体户，经营饮食业，甘当灶下工。这些，都是很不容易的，证明他确是一个多才多艺的人。一个典型的、合乎中国历史、中国国情的，非常出色的，百代不衰的大作家！

《前汉书》用了特大的篇幅，保存了他那些著名的文章。班固对他评价很高，反驳了扬雄对他的不公正批评。

他也并不重视自己的那些著作。本传称：

> 而相如已死，家无遗书。问其妻，对曰：长卿未尝有书也。时时著书，人又取去。

耕堂曰：司马相如之为人，虽然不能说，堪作后世楷模。但他在处理个人与环境，个人与时代，文艺与政治,歌颂与批评等等重大问题方面,我认为是无可非议的,值得参考的。

一九九〇年十一月二十六日

读《前汉书卷六十四·朱买臣传》

"家贫好读书,不治产业,常艾(读刈)薪樵卖以给食,担束薪行且诵书。其妻亦负戴相随,数止买臣毋歌呕(讴)道中,买臣愈益疾歌。妻羞之,求去。买臣笑曰:我年五十当富贵,今已四十余矣,汝苦日久,待我富贵报汝功。妻恚怒曰:如公等终饿死沟中耳,何能富贵? 买臣不能留,即听去。"以上,是夫妻离异之因。其后,"买臣独行歌道中,负薪墓间。故妻与夫家俱上冢,见买臣饿寒,呼饭饮之"。

以上,说明其妻对买臣仍有情义。其后,上拜买臣为会稽太守,荣归故乡:会稽闻太守且至,发民除道,县吏并送迎，车百余乘。入吴界，见其故妻、妻夫治道，买臣驻车，呼令后车载其夫妻到太守舍，置园中给食之。居一月，妻自经死。买臣乞其夫钱令葬。

耕堂曰：此京剧《马前泼水》之故事根据也。此剧演出，使朱买臣之名，家喻户晓，其妻遂亦在群众心目中，成为极不堪之形象。然细思之，此实一冤案也。

夫妻一同劳动，朱买臣干多干少，还是小事。在大街小巷，稠人广众之中，一边挑着柴担，一边吟哦诗书，这不是充洋相吗？好羞臊的妇女人家，哪里受得了？劝告你，不喊叫了也罢，却"愈益疾歌"，这不是成心斗气吗？"嫁汉嫁汉，穿衣吃饭"。跟着你，既然饥饿难挨，又当众出丑，且好心相劝，屡教不改，女方提出离异，我看完全是有道理的，有根据的。而且，以后见朱买臣饥寒，还对他进行帮助，证明这位妇女，很富同情心，慈善心，品质性格还是不错的。

而朱买臣做官以后的举动，表面看来很宽容，却大有可议之处。羞耻之心，人皆有之，何况是在封建时代？又何况是一个弱小女子？在很多修路工人面前，把她和她的丈夫，载在官车上，拉到府中，安置在花园里。这不是优待，确是一种别有用心的精神镇压,心理迫害。在这样的环境中,心情中,她如何能活得下去?所以她终于自经了。

这种叫别人看来,是糊里糊涂死亡的例子,在封建时代,是举不胜举的。

朱买臣后来也没得好下场。他告别人的密,皇帝把那个人杀了。后来也把朱买臣杀了。

一九九〇年十一月二十五日

读《后汉书》小引

任何事情,都难以预料。比如历史吧,前汉的刘邦,不事生产,后来做了皇帝;后汉的刘秀,一心事田业,后来也做了皇帝。于是历史学家就说,光武皇帝本来胸无大志,为人平平,他之所以成功,完全是机遇。比起汉高祖,他太渺小了。

这也许是事实。我读《后汉书·光武本纪》,就遇不到像《史记·高祖本纪》中,那些惊心动魄的故事,总提不起精神来。

这部中华书局聚珍版的《后汉书》,原是进城初期买的,想不到竟成了我老年的伙伴。它是线装大字本,把持省力,舒卷方便。走着、坐着、躺着,都能看。我很喜爱它,并私心庆幸购存了这么一部书。

但近几年来,拿拿放放,总读不下去。去年打开了,结果只写了一篇关于著者范晔的读书笔记,又放下了。今年夏天又打开,有了些进展,本纪算读完了,没有什么收获。后纪也读了,知道一些女人专政的故事。接着是"志"。志分:律历,礼仪,祭祀,天文,五行,郡国,百官,舆服。这都是专门的学问,也读不懂,几乎是翻过去了。

下面才是列传。这是史书的中坚部分,应该细读。

列传,前边都是大人物。我发见后汉开端时的人物,光武那些功臣,和汉高祖时不同。他们多是一些宦家子弟,都读过一些书,甚至做过小官,有些政治经验。像马武那样的草莽之人很少。

这是经过西汉很长时期的休养生息,文化教育的结果。

例如邓禹,"年十三能诵诗"。寇恂,"初为郡功曹"。冯异,"好读书,通左氏春秋,孙子兵法"。岑彭,"王莽时守本县长"。贾复,"少好学,习尚书"。吴汉,"家贫,给事县为亭长"。盖延,"历郡列掾,州从事"。

陈俊，"少为郡吏"……

光武也读书，"乃之长安，受尚书，略通大义"。这样一个领导集团，驱使或对付那些乌合之众，自有它的优胜之处。

但在这些功臣传记里，我还是读不出个所以然来。读到列传第十三，《窦融传》，才渐入佳境。写得最好的，是它后面《马援传》。

我们知道，范氏的《后汉书》，是根据好多种后汉书写成的。《马援传》的原始材料，可能就写得好。马援是东汉的一个名人，事迹当然不少，但人以文传，还得有人给他写好才行。

耕堂曰：我读《二十四史》，常常有一史不如一史，每况愈下之感。这虽然不能说就是九斤观点，至少也违反进化论。每代都是先有史实，然后有史才，加以撰述。有时有重大史实，而无相当史才，加以发挥；有时虽有史才，而无重大史实，可供撰述。此遇与不遇，万事皆然，非独创作。班马之作，已成千古绝唱，再想有类似作品，实已困难。艺术一事，实在是有千古一人的规律，中外皆然，不可勉强。

平心论史，各史皆有其长。即如后汉一书，范晔之才，亦难得矣。他的语言简洁，记事周详，有班固之风，论赞折衷，而无偏激之失，亦班氏家法。时有弦外之音，虽不能与司马迁相比，亦非后史所多见。范氏在自序中，对自己的论赞，颇为得意，不是没有根据的。这部书，一直列为史学经典，也不是没有原因的。

惜我年老精衰，读书已无计划。加以记忆模糊，边读边忘。旷日持久，所得无多，甚感愧对此书耳。

现将读书时零碎心得，粗记如下，供同好者参考。

一九九一年十二月二十一日

读《后汉书卷五十四·马援传》

（一篇好传记）

在小引中，我说《马援传》，写得最好，其理由有三：

一、这篇传记，写了马援的一生，包括他的言行，他的政治活动，他的文事武功。写出了这个人的为人风格和一些精彩的言论。以上写得都很具体、生动，给人留下鲜明的印象。最后写了他奉命征五溪，师老无功，且遭马武等人的谗毁，以致死后都不能"丧还旧茔"。给这个人物，增加了悲剧色彩，使读者回味无穷。

二、马援与光武、隗嚣、公孙述，都有交往。这是当时互相抗衡的三种势力。传记通过写马援，同时也写了三个人的为人，行事，政治和军事上的见识和能力。传记用对比的手法：

　　援素与述同里闬，相善。以为既至当握手欢如平生，而述盛陈陛卫，以延援入，交拜礼毕，使出就馆，更为援制都布单衣、交让冠，会百官于宗庙中，立旧交之位。述鸾旗旄骑，警跸就车，磬折而入，礼飨官属甚盛，欲援援以封侯大将军位。

下面紧接着，写光武如何接见马援：

　　援至，引见于宣德殿。世祖迎笑谓援曰："卿遨游二帝间，今见卿，使人大惭。"援顿首辞谢，因曰："当今之世，非独君择臣也，臣亦择君矣。臣与公孙述同县，少相善。臣前至蜀，述陛戟而后进臣。臣今远来，陛下何知非刺客奸人，而简易若是？"帝复笑曰："卿非刺客，顾说客耳。"

后面，又紧接着，写马援与隗嚣的一段对话，使隗嚣的形象，跃然纸上。

三段文字，写得自然紧凑，而当时的政治形势，胜败前景，已大体分明，这是很高明的剪裁手法。写人物，单独刻画，不如把人物，放在人际关系之中，写来收效更大。

三、记录马援的日常谈话，来表现这一人物的性格、志向、见识。

> 封援为新息侯，食邑三千户。援乃击牛酾酒，劳飨军士。从容谓官属曰："吾从弟少游常哀吾慷慨多大志，曰：'士生一世，但取衣食裁足，乘下泽车，御款段马，为郡掾吏，守坟墓，乡里称善人，斯可矣。致求盈余，但自苦耳。'当吾在浪泊西里间，虏未灭之时，下潦上雾，毒气重蒸，仰视飞鸢跕跕堕水中，卧念少游平生时语，何可得也！"

马援确是一个"说客"，他说话非常漂亮，有哲理。"闲于进对，尤善述前世行事。""自皇太子、诸王侍，闻者莫不属耳忘倦。"他的《诫侄书》尤有名，几乎家传户晓。像"穷当益坚，老当益壮"，这些成语，都是他留下来的。他言行一致，年六十岁，还上马给皇帝看看哩!

但据我看,光武对他一直不太信任,就因为他原是隗嚣的人。过来后,光武并没有重用他,直至来歙举荐,才封他为陇西太守。晚年之所以谗毁易人,也是因为他原非光武嫡系。

他兴趣很广泛,能经营田牧,还善相马。他留下的《铜马相法》,是很科学的一篇马经。

但好的传记,末尾还需要有一段好的论赞,才能使文气充足。范晔论马援:"然其戒人之祸,智矣,而不能自免于谗隙。岂功名之际,理固然乎?"

耕堂曰:马援口辩,有纵横家之才,齐家修身,仍为儒家之道。好大喜功,又备兵家无前之勇。其才智为人,在光武诸将中,实为佼佼者。然仍不免晚年悲剧。范晔所言,是矣。功名之际,如处江河旋涡之中。即远居边缘,无志竞逐者,尚难免被波及,不能自主沉浮,况处于中心,声誉日隆,易招疑忌者乎?虽智者不能免矣。

至于范氏说的:

夫利不在身，以之谋事则智，虑不私己，以之断义必厉。诚能回观物之智而为反身之察，若施之于人则能恕，自鉴其情亦明矣。

这种话，虽然说得很精辟，对人，却有点求全责备的意思了。

一九九一年十二月二十四日

读《后汉书卷五十八·桓谭传》

（一个音乐家的悲剧）

桓谭的父亲，西汉成帝时为太乐令，是个管音乐的官。谭因此也好音乐，善鼓琴，嗜倡乐。他还遍习五经，能文章，常和刘歆、扬雄等人辨析疑异。他为人简易，不修威仪，好非毁俗儒，因此多被排挤。哀、平间，他的官位，不过是个"郎"。

他也有些见识，他认识傅皇后的父亲傅晏。当时傅皇后失宠，傅晏处境很不好。桓谭给他作了两项建议：一是请傅晏背地告诉女儿，千万不要因为嫉妒，"驱使医巫，外求方技"。二是傅晏本人，要"谢遣门徒，务执谦悫"。傅晏照办，终于保住了一家人的平安。

另外，在王莽掌权时，"天下之士，莫不竞褒称德美，作符命以求容媚，谭独自守，默然无言"。这在当时，就很不容易了。

光武皇帝即位，他曾"上书言事，失旨不用"。后来大司空宋弘荐他为"议郎给事中"，他又"上书陈时政"。其中有一段是反对"图谶"，另一段是说皇帝用兵不当。触犯了大忌，皇帝非常不高兴。

谁都知道，光武帝是靠图谶起家的。而这个图谶是光武在长安时一个"同舍生"捏造的。其词为："刘秀发兵捕不道，四夷云集龙斗野，四七之际火为主。"不只言词粗鄙，而且作伪显然。但当时群臣都说："受命之符，人应为大。万里合信，不议同情。周之白鱼，曷足比焉！"（《卷一上·光武帝纪第一上》）现在皇帝已经坐稳了，而桓谭竟说图谶不可信，这真是书呆子的头脑发昏了。

于是悲剧开始：

> 其后有诏会议灵台所处，帝谓谭曰："吾欲〔以〕谶决之，何如？"谭默然良久，曰："臣不读谶。"帝问其故，谭复极言谶之非经。帝大怒曰：

"桓谭非圣无法,将下斩之。"谭叩头流血,良久乃得解。出为六安郡丞,意忽忽不乐,道病卒,时年七十余。

耕堂曰: 皇帝召集的这次会议,如果说是一种预谋,是"引蛇出洞",恐怕也不是瞎猜。他心里先有了一个"不悦",然后指名问桓谭:"如何?"如果桓谭聪明些,对答一个"臣以为很好",这悲剧也许就无从发生。桓谭还是犹豫了一下的,这一犹豫,即是"默然良久",本来是他的一个生命转机。但皇帝又接着来了一个"问其故"。桓谭沉不住气,又犯了老病,"复极言"起来,就中了皇帝的圈套,自己走上了死亡之途。他中"五经"之毒太深,以为皇帝总不会不相信"五经"。这是他的一个大错误!不错,皇帝有时信"五经",但在当前,他更信图谶!桓谭得罪后,"忽忽不乐",是对自己这一次失言的,无可挽回的痛惜!更使人惋惜的是,他本来是一个音乐家,他本来可以伴音乐而始终,平安度日。他做的官,是给事中,是皇帝身边的一个小官,皇帝喜欢,他弹琴,关系处得并不错。如果就这样干下去说不定还会得到皇帝的宠爱,享受荣华富贵哩。

可惜的是，他那位荐举人宋弘，也是一个古板守旧的人。他见桓谭常常给皇帝弹琴，皇帝又喜爱"繁声"，他就非常不高兴。他召见桓谭，非常严厉地教训了他一顿。说荐他来是"辅国家以道德"的，不是叫他演奏流行歌曲。要治他的罪。这样，当桓谭再为皇帝弹琴时，一看见宋弘，就神色大变，很不自然，以致皇帝后来就不再叫他弹琴了。

桓谭自此以为应"忠正导主"，就屡屡上书言事。皇帝一想，你不过是个"倡优"，也敢如此，就恨上他了。这也是桓谭无自知之明，忘记了自己的身份和在皇帝眼中的地位。

同朝中，有一个叫郑兴的，就比桓谭聪明些：

> 帝尝问兴郊祀事，曰："吾欲以谶断之，何如？"兴对曰："臣不为谶。"帝怒曰："卿之不为谶，非之邪？"兴惶恐曰："臣于书，有所未学，而无所非也。"帝意乃解。(《后汉书卷三十六·郑范陈贾张列传第二十六》)

和皇帝对答，可不是小事，郑兴如果不说这样滑头的话，就会有桓谭同样的下场。

桓谭还著有《新论》一书，共二十九篇，多言"当世行事"，大部都不存。《书目答问补正》说有"说郛本"，我有张宗祥抄本《说郛》，但多次查阅，都没有找到。

一九九一年十二月十日

读《后汉书卷五十八·冯衍传》

（一个文过其实的人）

传称："衍幼有奇才，年九岁，能诵诗。至二十而博通群书。"他原来忠于更始，很晚才归顺光武。光武对他没有兴趣，又有人谗毁他，得不到重用。

冯衍自己有个想法。他说古代有个故事：有人挑逗两个女子，长者骂他，幼者顺从。他选了长者为妻。他以为皇帝用人，也应该这样，不要摒弃反对过自己的人。这个想法太浪漫了。他屡次上疏陈情，光武终以"前过不用"；"显宗即位，又多短衍，以文过其实，遂废于家"。

耕堂曰："文过其实"，是什么意思呢？不过是指冯衍的为人，并不像他写的文章那样好。这是可能的。很多文人，都不能用他的行实，同他的文字相比照。文章是做出来的，是代圣人立言，当然是正确的。一个人的行为，就很难说。它是一个人，一生之中的多种表现。是充满变化和矛盾的，要受社会现实、时代风尚的影响。"名不副实"，或"文过其实"，是历史的、自然普遍的现象。

另外，"文过其实"，文章还是被肯定的。本传保存下来的，冯衍的几篇文章，从文字、见识、学问来看，就不是一般人所能做得出来的。

历史上，又常常有这样一种现象：本来，这个人的文章无可观，行为不足称，却不知为了什么，为当时权贵所重视，为小人所吹嘘。过不了几年，又证实：这个人，这个人的文章，这种重视，这些吹嘘，不过是一个连锁性的骗局。这当然不能叫做"实过其文"，只能说是文、实两空。在人民道德、文化素质普遍下降的时期，这种"人文"现象，是屡见不鲜的。

冯衍的为人，确是言行不一，文实相违。他一方面，在言志时，反复申述："游精神于大宅兮，抗玄妙之常操；处清静以养志兮，实吾心之所乐。"一方面，又不安于贫贱，向皇帝求情不得，又频频给权贵上书，请求支援，帮他找个官位。言辞卑微，和文章大相径庭。

既无治国的机会，也没有齐家的办法。他两次离婚，名誉受损。第一次，只是因为他的夫人，不让他纳妾。他非常气愤，在给妇弟的信中，竟胡言乱语地说："不去此妇，则家不宁；不去此妇，则家不清；不去此妇，则福不生；不去此妇，则事不成。"好像他的失败，都由于妇人。

休妻后，又娶了一个，这个更厉害，差一点没有把前妻留下的儿子毒死，结果又散了。只好自叹："贫而不衰，贱而不恨。年虽疲曳，犹庶几名贤之风。修道德于幽冥之路，以终身名，为后世法。"

他的命运，也只能说是不逢时，并不完全是自身的过错，还是值得同情的，应该原谅的。

耕堂曰：古之所谓少年奇才，因专心读书，遂丧失生活技能。即俗话所说：肩不能担担，手不能提篮。既不能耕，又不能牧。只剩"学而优则仕"一窄途。仕有遇，有不遇；有达，有不达。要看社会环境，要分时代治乱。所以说，士人的命运和前途，是很不乐观的。

"惟吾志之所庶兮，固与俗其不同；既倜傥而高引兮，愿观其从容。"这样说说，或是写写，都是容易做到的。如果遇到衣食不继，或子女号寒，甚至老婆闹着要离婚的时候，那就得另谋出路了。

即使还没有闹到这种地步，念了若干年书，又被人称做"奇才"，也是不甘清苦的。他会看到比他得志的人，吃的什么，穿的什么，住的什么，坐的什么。为什么他能这样，我就不能呢？他是怎样得到的呢？我不会学习着来试试吗？于是冯衍之所为，就无须责怪了。

一九九一年十二月十六日

读《后汉书卷六十六·贾逵传》

（关于经术）

两汉经学大盛。但《春秋左传》一经，并得不到共识。从西汉末年，就为是否为《左传》立博士，争论不休。所谓"立博士"，就是得到皇帝的承认，成为国家的一种学科。东汉初年，博士范升对《左传》持否定态度，他在光武帝亲自主持的讨论会上说：

> 《左氏》不祖孔子，而出于丘明。师徒相传，又无其人。且非先帝所存，无因得立。（《后汉书卷三十六·郑范陈贾张列传第二十六》）

他条奏"《左氏》之失，凡十四事"。和他辩论的人说：太史公多引左氏。他又"上太史公违戾五经谬孔子言，及左氏春秋不可录，三十一事"。

学者陈元，则主张《左传》，应立博士。他说范升的言论，不过是"断截小文，华黩微词"。"所谓小辩破言，小言破道者也"。

皇帝又叫他和范升辩论，他占了上风。"帝卒立左氏学，太常选博士四人"。但诸儒"论议讙哗"，不久，"左氏复废"。

贾逵的父亲贾徽，"从刘歆受左氏春秋"。"逵悉传父业……尤明《左氏传》《国语》，为之《解诂》五十一篇……永平中，上疏献之。显宗重其书，写藏秘馆"。后来，他又给皇帝作了一篇《神鸟颂》。

肃宗时，他"摘出左氏三十事尤著明者，斯皆君臣之正义，父子之纪纲"，给皇帝看。然后又说"左氏与图谶合"。更重要的一点论据是："五经家皆无以证图谶明刘氏为尧后者，而左氏独有明文。"

这就一矢中的：

> 书奏，帝嘉之，赐布五百匹，衣一袭，令逵

自选《公羊》严、颜诸生高才者二十人,教以《左氏》……,与简纸经传各一通。

从此,《春秋左传》一经的地位,就牢固地确立了。贾逵实为左氏功臣。

耕堂曰: 学术受政治制约。此余幼年所学,至今不容变异。以上史实凿凿,亦非晚近新潮所能打破。学术受政治制约,首先表现为学者受政治约束。郑玄一代大儒,八方仰慕。当病重时,袁绍一命,逼玄随军,他就不得不载病而行,死于路途。学者不能离政治而自由,而能产生自由的学术,这就是梦话。

且一经之立,非只关系一经,能广泛流传。精熟此经者,可得立为博士。博士也是一种官位,可得诸多好处。我们不能把贾逵的这种做法,单纯看做是迎合,投机。因为皇帝选用人材、学术,主要是看能否为当前政治服务。贾逵所谈,多为"安上理民"之策,与皇帝的希望正相合,就容易被接受。左氏的整个著作,也沾了光,随之大行于世。这和一些儒家主张为人要委蛇行事,以求通显,道理是一样的。无可厚非。

但范晔并不这样看,他说:

> 郑、贾之学,行乎数百年中,遂为诸儒宗,亦徒有以焉尔!桓谭以不善谶流亡,郑兴以逊辞仅免。贾逵能附会文致,最差贵显。世主以此论学,悲矣哉!

好像我以上的看法,太庸俗了。范晔是一个理想主义者。

理想终归是理想,在历史上,从来没有实现过。

另外,学术也不等于政治。有些大儒,固然因学术而显达,在政治上顺利。有的却不是做大官的材料。郑玄虽然那样用功,学术成就那样大,但看来他性情有些孤僻,不愿做官。也可能是感到,自己做不来。他说:"别人都去做了大官,吾自忖度,无任于此。但念述先圣之元意,思整百家之不齐,亦庶几以竭吾才。"他是有自知之明的,也是有识见的,因为当时天下已大乱。

范升争论得那样凶,后来为"出妻所告,坐系。

得出，还乡里。永平中，为聊城令，坐事免，卒于家"。官做得很小，时间又很短。

贾逵，"然不修小节，当世以此颇讥焉，故不至大官"。

耕堂曰：凡以知识学术干政者，贾逵可为师法矣。回忆"四人帮"时期，思想、文化界，此种人不少。率皆从经典中，寻章摘句，牵强附会，以合时势。迹其用心，盖下贾逵一等。其中，自然有人系迫不得已。但主动逢迎者，为多数。文艺创作亦如此。其作品，太露骨者，固已不为人齿，然亦有人，由此步入作家行列，几经翻滚，终于成为"名家"。此亦如范晔所言："徒有以焉尔！"这个词儿很新鲜，也很俏皮。意思是说：也不过就是那么回子事罢了！

一九九一年十二月二十九日

读《后汉书卷七十·班固传》

（一个为政治服务的文人）

传末，范晔论曰：

> 司马迁、班固父子，其言史官载籍之作，大义粲然著矣。议者咸称二子有良史之才。迁文直而事核；固文赡而事详。若固之序事，不激诡，不抑抗，赡而不秽，详而有体，使读之者，勉勉而不厌，信哉其能成名也。

耕堂曰：范蔚宗之论班固，已成定论。其所谓：不激诡，不抑抗，就是对人、对事，不作主观的扬或毁，退或进，客观地记述其本来。这在史学上，是一个准则。

古来论述班马异同者，甚众。然多皮毛之见，又多出于个人爱好。范氏对两人的两句评语，实在明确恰当。

传载：

> （班固）年九岁，能属文，诵诗赋，及长，遂博贯载籍，九流百家之言，无不穷究。所学无常师，不为章句，举大义而已。性宽和容众，不以才能高人，诸儒以此慕之。

他的《汉书》：

> 固自永平中始受诏，潜精积思二十余年，至建初中乃成。当世甚重其书，学者莫不讽诵焉。

传中保存了他写的几篇文章。其中《两都赋》的主题是，"盛称洛邑制度之美，以折西宾淫侈之论"。《典引篇》的主题是，"述叙汉德"。此外《窦宪传》里还保存了一篇《燕然山铭》。

班固的一生，他的全部著作，包括《汉书》，都是为政治服务的，是为一朝一姓服务的。

古代没有"为政治服务"这个口号，也没有人提出过这样的要求。但在中国古代文献中，存在大量为政治服务的作品。不是间接服务，而是直接服务。也没有人讳言或轻视为政治服务。文人都是自觉自愿的。这说明，文学可以为政治服务，文学和政治的这种关系，自古以来，就是很自然的。

自从有了这个要求，有了这个口号，问题就来了，议论也就多了。近的不说，稍远的有三十年代，成仿吾与鲁迅，钱杏邨与茅盾，左联与"第三种人"，越到后来，越是争论不休。前几年，把这个口号变通了一下，还是有争论。这就叫：有口号，就有争论。

世界上，当然有不为政治服务的艺术。但近代历史，也在不断证明：一些大声疾呼"艺术圣洁"的人，常常又是另一种政治的热烈追求者。差不多在他们反对文艺为政治服务的同时，他们的作品，已经成为他们在政治生活中的晋身之阶。不只为"政治"服了务，也为经济服了务，使他们能够大发其财！

只要作家本人，不能完全与政治无关，那么文艺作品，就不能完全与政治无关。文艺为政治服务，并不一定就粗糙，就没有价值。不为政治服务，也不一定就高尚，就值钱。这要视作家而定。班固的作品，不是在永远流传吗？

关于班固和司马迁的比较，我也有些浅见。我以为，其不同之处有：

（一）家学、经历、气质之不同。司马谈和班彪留给儿子的思想遗产，并不相同。司马迁的任务是要继承《春秋》的事业；班固的任务，是整齐西汉一代之书。在为本朝服务这一点上，班固的思想比司马迁明确得多。司马迁在遭到不幸之后，生理和心理，都造成很大伤害。这不能不影响他的思想、感情，甚至精神、意识。文学是精神的产物，我们很难估计，这一不幸，在司马迁文学事业上的作用和影响。班固固然也遇到过不幸，但他在第一次入狱时，却因祸得福，著作得以上达朝廷，自己也弄了个兰台令史的官儿，有了个很好的写作、学习的环境。

（二）两个人的哲学思想不同。哲学思想是一切著作的基础，史学、文学均同。司马迁的哲学思想，很大成分是黄老，而班固则是儒家，并且是经过汉代大儒发掘、整理过的，训诂、章句过的儒家思想。司马迁作《史记》，几乎没有政治目的，没有想到要为谁服务。他写秦、项和写刘邦，态度是一样的。而班固作《汉书》，政治目的很明确，就是为了表彰汉德。

其相同之处为结局悲惨。然此中亦有分别。司马迁的悲惨在成书之前，而班固的悲惨，在成书以后。

这两位文人之不幸，在于只熟悉历史，而不了解现实。深信圣人之言，而泥古不化。处官场而不谙宦情。因此，其伤亡也，皆在国家政治动荡，权贵剧烈倾轧之际。文人不知修检，偶以言语及生活细故，遂罹大难，为可伤矣！

范晔论曰："固伤迁博物洽闻，不能以智免极刑；然亦身陷大戮。'智及之，而不能守之'，呜呼！古人所以致论于目睫也。"范氏之言是矣，然彼亦终未能自全，言不旋踵，而身验之，此又何故欤！

一九九一年十二月十九日

《三国志·关羽传》

自《春秋》立法，中国历史著作，要求真实和简练。史家为了史实而牺牲生命，传为美谈。微言大义的写法，也一直被沿用。但是，读者是不厌其详的，愿意多知道一些。于是《春秋》之外，有三家之传，而以左氏为胜。司马迁参考《国语》《战国策》等书，并加实地考察，成为一家之言的《史记》，对于人物和环境的描写，更详尽更广阔了。它适应了读者的需要，而使历史与文学，异途同归，树立了史学的典型，并开辟了文学的现实主义道路。

历史强调真实，但很难真实。几十年之间的历史，便常常出现矛盾,众说纷纭,更何况几百年前,几千年之前?历史但存其大要,存其大体而已。

我国的历史,在过去多为官书,成书多在异代。这种做法,利弊参半,一直相沿,至于《清史稿》。

《三国志》在史、汉的经验基础上完成,号为良史,裴松之的注,实际起了很大作用。但历代研究者,仍以志为主据,注为参考。后来,历史演变为文学作品,则多采用裴注,因为这些材料,对塑造人物,编演故事,提供了比较具体生动的材料。

史书一变而为演义,当然不止《三国演义》一书。此外还有《封神演义》,以及虽不用演义标题,实际上也是演义的作品。

演者,延也,即引申演变之意。但所演变也必须是义之所含,即情理之所容。完全出乎情理之外,则虽是文学创作,亦不可取。就是说,演义小说,当不背于历史环境,也不背于人物的基本性格。

当然,这一点有时很难做到。文学的特点之一是夸张,而夸张有时是瞒天过海,无止无休的。文学作品的读者,也是喜欢夸张的,常常是爱者欲其永生,憎者恨其不死。在这种形势的推动下,一部演义小说,能适当掌握尺寸,就很困难了。

《三国演义》一书,是逐渐形成的,它以前有《三国志平话》,还有多种戏曲。这部书的故事几乎是家喻户晓的,流传之广,也是首屈一指的。过去,在农村的一家小药铺,在城市的一家大钱庄,案首都有这一部"圣叹外书"。

在旧社会,这部书的社会影响甚巨,仁者见仁,智者见智。谋士以其为智囊,将帅视之为战策。据说,满清未入关之前,就是先把这部书翻译过去,遍赐王公大臣,使他们作为必读之书来学习的,其重要性显然在四书五经之上。

在陈寿的《三国志·蜀志》中,《关羽传》是很简要的:

关于他的为人,在道义方面,写到他原是亡命奔涿郡,与刘、张恩若兄弟,"随先主周旋,不避艰险",终不负先主。

关于他的战绩,写到在"建安五年,曹公东征,先主奔袁绍。曹公禽羽以归,拜为偏将军,礼之甚厚"。写到他诛颜良,水淹于禁七军。

关于他的性格，写到诸葛亮来信说马超"犹未及髯之绝伦逸群也"。羽大悦，以示宾客。

关于他与同僚的关系，写到他与糜芳、傅士仁不和，困难时，众叛亲离。

关于他对女人的态度，本传无文字，裴注却引《蜀记》说：

> 曹公与刘备围吕布于下邳，关羽启公，布使秦宜禄行求救，乞娶其妻，公许之。临破，又屡启于公。公疑其有异色，先遣迎看，因自留之，羽心不自安。

关于他的应变能力，写到他因为激怒孙权，遂使腹背受敌，终于大败。他这一败，关系大局，迅速动摇了鼎足的平衡，使蜀汉一蹶不振，诸葛亮叹为"关羽毁败，秭死蹉跌"者也。

陈寿写的是历史，他是把关羽作为一个具体的人来写的。这样写来，使我们见到的是一个既有缺点，又有长处；既有成功，又有失败的活生生的人。我们看到的是真正的关羽，而不是其他的人，他同别的人，明显地分别开来了。我们既然准确认识了这样一个人,就能从他那里得到启发,吸取经验,对他发生真正的感情:有几分爱敬,有几分恶感。

《三国志平话》,关羽个人的回目有六。《三国演义》,关羽个人的回目有十,其中二十五回至二十七回,七十三回至七十七回,回目相连,故事趋于完整。

鲁迅先生在《中国小说史略》里谈及此书时,说:"至于写人,亦颇有失,以致欲显刘备之长厚而似伪,状诸葛之多智而近妖;惟于关羽,特多好语,义勇之概,时时如见矣。"

中国旧的传统道德,包含忠孝节义;在历史观念上,是尊重正统。《三国演义》的作者,以人心思汉和忠义双全这两个概念,来塑造关羽这个英雄人物,使他在这一部小说中,占有特别突出的地位。

于是,在文学和民俗学上,就产生了一个奇特现象:关羽从一个平常的人,变为一个理想化的人,进而变为一尊神。

这一尊神还是非同小可的,是家家供奉的。旧时民间,一般人家,年前要请三幅神像:一幅是灶王,是贴在锅台旁边的,整天烟熏火燎;一幅就是关老爷,他的神龛在房正中的北墙上,地势很好;一幅是全神,是供在庭院中的。这幅全神像,包括天地三界的神,有释、道、俗各家,神像分数行,各如塔状。排在中间和各行下面的神像品位最高,而这位关羽,则身居中间最下,守护着那刻着一行大字的神牌,神态倨傲,显然是首席。

在各县县城,都有文庙和武庙。文庙是孔子,那里冷冷清清,很少有群众进去,因为那里没有什么可观赏的,只有一个孤零零的至圣先师的牌位。武庙就是关羽,这里香火很盛,游人很多,因为又有塑像,又有连环壁画,大事宣扬关公的神威。

关羽庙遍及京城、大镇、名山、险要,各庙都有牌匾楹联,成为历代文士卖弄才华的场所。清朝梁章钜所辑《楹联丛话》中,关庙对联,数量最多,有些对联竟到了头昏脑热,胡说八道的田地。

当然,有人说,关羽之所以成为神,是因为清朝的政治需要。这可能是对的。神虽然都是人造出来的,但不经政治措施的推动,也是行之不远的。

幸好,我现在查阅的《三国志》,是中华书局的四

部备要本,这个本子是据武英殿本校刊,所以《蜀志》的开卷,就有乾隆皇帝的一道上谕,现原文抄录:

> 乾隆四十一年七月二十六日内阁奉上谕:关帝在当时,力扶炎汉,志节凛然,乃史书所谥,并非嘉名。陈寿于蜀汉有嫌,所撰《三国志》,多存私见,遂不为之论定,岂得谓公?
>
> 从前世祖章皇帝曾降谕旨,封为"忠义神武大帝",以褒扬盛烈。朕复于乾隆三十二年,降旨加灵佑二字,用示尊崇,夫以神之义烈忠诚,海内咸知敬祀,而正史犹存旧谥,隐寓讥评,非所以传信万世也。今当抄录《四库全书》,不可相沿陋习,所有志内关帝之谥,应改为忠义,第本传相沿已久,民间所行必广,难于更易,着交武英殿,将此旨刊载传末,用垂久远。其官版及内府陈设书籍,并着改刊此旨,一体增入。钦此!

这就不仅是胡说八道,而是用行政方式强加于人了。

至于在戏剧上的表现,关羽也是很特殊的。他有专用的服装、道具;他出场之前,要放焰火;出场后,他那种庄严的神态，都使这一个角色神秘化了。

但这都是文学以外的事了。它是一种转化现象，小说起了一定作用。老实说，《三国演义》一书，虽如此煊赫，如单从文学价值来说，它是不及《水浒》，甚至也不及《西游记》的。《水浒》《西游记》虽也有所本，但基本上是文学创作，是真正文学的人物形象。而《三国演义》，则是前人所讥评的"太实则近腐"，"七实三虚惑乱观者"的一部小说。

把真人真事，变为文学作品，是很困难的。我主张，真人真事，最好用历史的手法来写。真真假假，真假参半，都是不好的。真人真事，如认真考察探索，自有很多材料，可写得生动。有些作者，既缺少识见，又不肯用功，常常借助描写，加上很多想当然，而美其名曰报告文学。这其实是避重就轻，图省力气的一种写法，不足为训。

《三国志·诸葛亮传》

本传与小说，出入较大的，还有诸葛亮。小说和戏剧上的诸葛亮，几百年来在群众中，形成了一个固定的形象，即所谓摇羽毛扇的人物。还影响了其他历史小说，几乎各朝各代，在争战交替之时，都有这样一个军师：《封神演义》的姜子牙，《水浒传》的吴用，瓦岗寨起义的徐茂功，明朝开国的刘伯温等等。

诸葛亮在本传里，是一个非常求实的人，是一个实干家。陈寿奉晋朝之命修《三国志》，蜀汉为晋之敌，但他对诸葛亮的评价，我以为还是很客观，实事求是的。他说：

> 然亮才于治戎为长,奇谋为短。理民之干,
> 优于将略。

综览陈寿所记,诸葛亮的一生,功劳固然很大,失败和无能为力之处也不少。最后的失败主要是客观条件所致。诸葛亮的隆中对策,说孙权,前后《出师表》,高瞻远瞩,文词质朴,情真意诚,叮咛周至,感动百代,成为名文。他死以后,人民哀其处境艰难,大功未竟,敬仰他鞠躬尽瘁的精神,追思怀念,千古不衰。人民愿意看到他在文学艺术上的形象。但《三国演义》和一些戏剧,把这一人物歪曲了。

最失败的是把诸葛亮写成了一个非凡的人,把他写成了一个未卜先知,甚至能呼风唤雨,嘴里不断念念有词的老道,即鲁迅所说近于妖了。

诸葛亮在《后出师表》中,曾对后主反复说明,世事难以逆料,举出当时很多事例,完全是科学态度。

出现如此大的差距,原因是作者有意识把这样一个人物,塑造得更高大,不知不觉走到反面去了。作者对这一人物性格,并没有认真调查研究,作者的学

识见解，都不足以创造这样一个人物形象。正如在《水浒传》里，他写在郓城县当一名书吏的宋江，写得很真实生动，到写当了水浒首领的宋江，他就无能为力了。因为他熟悉一个书吏，着实没有体验过一个水泊首领的生活，甚至见都没有见过。于是只能以主观想象出之。宋江和刘备，如出一辙。和他相反，《西游记》的作者写了猴、猪等怪，完全以写人的笔法出之，因此，猴、猪都具备了完整的性格。写唐僧亦如此，所以唐僧颇具人性。《聊斋志异》写狐鬼，成功之道亦在此点。凡是小说，起步于人生，遂成典型，起步于天上，人物反如纸扎泥塑，生气全无。

群众是喜爱英雄的，群众可以按照自己的形象，创造出一个神，伹这个神对他们来说，只能起到安慰的作用。群众有高级的心理、情操，也可能有低级的心理、趣味。人可以有作为人的本能，也可以有来自动物的本能。文学艺术，应该发扬其高级，摈弃其低级，文以载道，给人以高尚的熏陶。创造英雄人物，扬厉高尚情操，是文学艺术的理所当然的职责。

其基础是现实的人和生活。

再现历史英雄人物，不是轻而易举的。作者除去学的修养,还要有识的修养,学识浅薄,如何创造英雄人物? 在创作准备上,识力不高,则应辅之以学。如研究历史,考察地理民俗,采集口碑遗迹,像司马迁所做的那样,司马迁写了刘、项那样的英雄人物,全从周密的调查研究入手,然后以白描手法,自然出之。

如果不这样做,那么,创造英雄人物,反倒成了很容易的事。今天,在文学艺术中,假诸葛亮的形象,还是不少的。虽不羽扇纶巾,坐四轮车,但也多是口中念念有词,不断发誓赌咒,一言而天下定的。

一个作者,有几分见识,有多少阅历,就去写同等的生活,同类的人物,虽不成功,离题还不会太远。自己识见很低,又不肯用功学习,努力体验,而热衷于创造出一个为万世师、为天下法的英雄豪杰,就很可能成为俗话说的:"画虎不成,反类其犬。"

一九八〇年二月

曹丕《典论·论文》

除去诗,曹丕的散文,写得也很好。他的《典论》,虽然只留下一些断片,但读起来非常真实生动。例如他记郄俭等事,说:

> 颍川郄俭能辟谷,饵伏苓。甘陵甘始亦善行气,老有少容。庐江左慈知补导之术。并为军吏。初,俭之至,市伏苓价暴数倍。议郎安平李覃学其辟谷,餐伏苓,饮寒水,中泄痢,殆至殒命。后始来,众人无不鸱视狼顾,呼吸吐纳。军谋祭酒弘农董芬为之过差,气闭不通,良久乃苏。左

慈到，又竟受其补导之术，至寺人严峻，往从问受。阉竖真无事于斯术也。人之逐声，乃至于是。

"逐声"就是庄子说的"吠声"，就是"以耳代目"，这种人有时被称为"耳食之徒"。他们是不进行观察，也不进行独立思考的。在我国，类似这种历史记载是很多见的。

这种社会现象，有时可形成一种起哄的局面，有时会形成一种持续很久的社会浪潮。当它正哄动的时刻，少数用脑子的人，是不能指出它的虚妄的，那样就会担很大的风险。因此，每逢这种现象出现，诈骗者会越来越不可一世，其"功业"几乎可以与刘、项相当。但总归要破灭。事后，人们回想当时狂热情景，就像是中了什么邪一样，简直不值一笑了。

考其原因：在上是封建专制，在下是愚昧无知。这两者又是有关联的。

他所记情状，不是也可以再见于一千多年以后的社会吗？历史长河，滔滔不绝。它的音响，为什么总在重复，如此缺少变化呢？还有他遗令薄葬的文章，《典论》中记述青年时和别人比较武艺的文章，也都写得很好。

曹丕幼年即随魏武征讨,武功文治,都有经验,阅历既多,所论多切实之言。这些方面,都非公子曹植所能及,被确定为世子,乃是理所当然的事。

他的《典论·论文》,是一篇非常完整,非常透辟,切合文章规律的文论。在这篇论文里,他提出了"文人相轻"这个道理,论列了当代作家,谈到各种文章体裁,提出了"文以气为主"的见解,成为不朽的名论。

创作者触景生情,评论家设身处地,才能相得益彰。曹丕先为五官中郎将,后为皇帝。他把同时代的作家,看作朋友,写起评论来,都以平起平坐的态度出之。所评中肯切实,功过得当,富于感情,低回绵远,若不胜任。《典论·论文》及《与吴质书》等篇,因此传流千古。及至后人,略有官职,便耀威权,所作评论,乃无价值。文人虽有时求助于权威,而权威实无补于文艺。

陆机《文赋》

　　在中学时期，有两种古代文学形式，没有学好。一是楚辞，一是汉赋。一直到现在，总是对它们不太感兴趣，也不能得其要领。抗日时期，有一位姓梁的女孩子，从北平出来到解放区，就学于我教课的地方。她热情地送给我一本《楚辞》，是商务印的选本，我和女孩子同行，千里迢迢，把这本书带到延安，一次水灾，把书冲到了延河里，与其作者同命运。

　　司马相如、扬雄的赋，近年念了一些，总是深入不进去。才知道，一门功课，如果在幼年打不下基础，是只能老大徒伤悲的。

在读晋赋的时候，忽然发现陆机的作品，和我很投缘，特别是他的《吊曹孟德文》和《文赋》两篇。

《吊曹孟德文》，我记得鲁迅先生曾两次在文章中引用，可见也是很爱好的。

此文是陆机因为工作之便，得睹魏武的遗令遗物，深有感触而后作。事迹未远而忌讳已无，故能畅所欲言，得为杰作。但这究竟是就事实有所抒发，不足为奇；《文赋》一篇，乃是就一种意识形态而言，并以韵文出之，这就很困难。

中国古代文论，真正涉及到创作规律的，除去零篇断简，成本的书就是《文心雕龙》。《文赋》一篇，完全可以与之抗衡。又因为陆机是作家，所以在透彻切实方面，有些地方超过了刘勰。

这篇赋写到了为文之道和为文之法，这包括：作者的立志立意；为文前多方面的修养；对生活的体会感受；对结构的安排和文字的运用；写作时的甘与苦，即顺畅与凝滞，成功与失败。

自古以来，论文之作，或存有私心，所论多成偏见；或从来没有创作，识见又甚卑下，所论多隔靴搔痒之谈，又或本身虽亦创作，并称作家，论文反不能从实际出发，故弄玄虚，如江湖卖药者所为。徒有其名，而无其实。致使后来者得不到正确途径，望洋兴叹，视为畏途。像《文赋》这样切实，从亲身体验得来的文论是很少见的。这种文字，才不是欺人之谈。

前几年，我借人家的书，把这篇赋抄录一过。并把开头一段，请老友陈肇同志书为条幅。后因没有好的裱工，未得张挂。

一九八〇年一月

《颜氏家训》

一九六六年的春夏之交,犹能于南窗之下,摘抄《颜氏家训》,未及想到腥风血雨之袭来也。

我国自古以来的先哲,提到文章,都是要人谨慎从事。他们认为文章是"经国之大业,不朽之盛事",是"轨物范世"的手段,作者应当"慎言检迹"而后行之。

在旧时代,文人都是先背诵这些教导,还有其他一些为人处世的教导,然后才去做文章的。然而许多文人,还是"鲜能以名节自立",不断出乱子,或困顿终生,或身首异处。这是什么道理呢,难道文章一事,带有先天性的病毒,像癌症那样能致人死命吗?

南北朝的颜之推,在他的《家训》里,先说:"自古文人,多陷轻薄:屈原露才扬己,显暴君过;宋玉体貌容冶,见遇俳优……"接下去列举了历代每个著名文人的过失、错误、缺点、遭遇,连同以上二人,共三十四人。还批评了五个好写文章的皇帝,说他们"非懿德之君"。他告诫子弟:

每尝思之,原其所积,文章之体,标举兴会,发引性灵,使人矜伐,故忽于持操,果于进取。今世文士,此患弥切。一事惬当,一句清巧,神厉九霄,志凌千载,自吟自赏,不觉更有旁人。加以砂砾所伤,惨于矛戟,讽刺之祸,速乎风尘。深宜防虑,以保元吉。

我当时读了,以为他说得很对。文字也朴实可爱,就抄录了下来,以自警并以警别人。

不久,"文化革命"起,笔记本被抄走。我想:造反派看到这一段,见我如此谨小慎微,谦虚警惕,一定不会怪罪。又想,这岂不也是"四旧"、牛鬼蛇神之言,"元吉"恐怕保不住了。但是,这场"运动"的着眼点，及其终极目的，根本不在你写过什么或是抄过什么。这个笔记本，并未生出是非，后来退还给我了。

林彪说，"损失极小极小，比不上一次瘟疫"。建安时代，曾有一次瘟疫，七子中的"徐、陈、应、刘，一时俱逝"，这见于魏文帝《与元城令吴质书》。他说，"昔年疾疫，亲故多离其灾"，这里的"离"，并不是脱离，而是被网罗上了。

我们遇到的这场瘟疫，当然要大得多，仅按四次文代大会公布的被迫害致死的名单，单是著名诗人、作家、批评家和翻译家，就有四十位！比七子中死去四子，多出十倍，可见人祸有时是要大于天灾了。

这些作家都是国家和人民多年所培养，一代精华，一旦竟无辜死于小人、女子唇齿之间，览之无比伤痛。老实说，在这次文代大会山积的文件中，我独对此件感触最深。

魏文帝说："何图数年之间，零落略尽……既痛逝者，行自念也。……所怀万端，时有所虑，乃至通夕不瞑。"

我们能够从这种残忍的事实中，真正得出教训吗？

窃尝思之：社会上各界人士，都会犯错误，都有缺点，人们为什么对"文人无行"，如此津津乐道呢？归结起来：

一、文人常常是韩非子所谓的名誉之人，处于上游之地。司马迁说："下游多谤议。"

二、文人相轻，喜好互相攻讦。

三、文字传播，扩散力强，并能传远。

四、造些文人的谣，其受到报复的危险性，较之其他各界人士，会小得多。

《颜氏家训》以为文人的不幸遭遇，是他们的行为不检的结果，是不可信的。例如他说："阮籍无礼败俗"，"嵇康凌物凶终"，这都是传闻之词，检查一下历史记载，并非如是。《三国志》记载："籍口不论人过"；同书引《魏氏春秋》："康寓居河内之山阳县，与之游者，未尝见其喜愠之色。"两个人几乎都是谨小慎微的。

但终于得到惨祸，这也是事实。览古思今，对证林、四之所为，一些文人之陷网罗，堕深渊，除去少数躁进投机者，大多数都不是因为他们的修身有什么问题，而是死于客观的原因，即政治的迫害。

我们的四十位殉难者，难道是他们的道德方面，有什么可以非议之处吗？

"四人帮"未倒之前，苦难之余，也曾默默仿效《颜氏家训》，拟了几条，当然今天看起来，有些不合时宜了：

一、最好不要干这一行。

二、如无他技谋生，则勿求名大利多。

三、生活勿特殊，民食一升，则己食一升；民衣五尺，则己衣五尺。勿启他人嫉妒之心。

总之：直到今日，我以为前面所引《颜氏家训》一段话，还是应该注意的。

一九八〇年一月

读唐人传奇记

一

鲁迅论唐传奇：

（一）小说亦如诗，至唐代而一变。源出于志怪。（二）虽尚不离于搜奇记逸，然叙述婉转，文辞华艳。与六朝之粗陈梗概者较，演进之迹甚明。（三）而尤显者，乃在是时则始有意为小说。（《唐宋传奇集·序列》，首引胡应麟说："凡变异之谈，盛于六朝，然多是传录舛讹，未必尽幻设语。至唐人，乃作意好奇，假小说以寄笔端。"先生称：其言盖近是矣。）（四）厥于诗赋,旁求新途,藻思横流,小说斯灿。文人往往有作,投谒时或用之为行卷。(五)实唐代特绝之作也。而大归究在文采与意想。(六)然而后来流派,实亦不昌。宋好劝惩,摭实而泥,飞动之致,眇不可期,传奇命脉,至斯以绝。

以上综录先生论及传奇之言,稍加穿插,共得六则。余以为对唐传奇之研究,可谓发其端而尽其意矣。

二

鲁迅说唐人"始有意为小说"。胡应麟说"作意""幻设",都是有意识的创造之意。

唐人的小说,已经超越单纯的记录,进入复杂的创作活动。小说的境界,已经不只是客观世界的描绘,而涌进了作家主观的想象。

主观包括两方面:"文采与意想"。文采与意想,是文学创作的精魂。但这两点,在唐人传奇上,表现得非常突出。这不只使它明显地区别于过去的小说,也使它明显地区别于以后的传奇。在中国文学史上,独放异彩。

任何现象，都有其由来，有其基础。唐代文人的文化素质，实不一般。表现在诗歌创作上，已经有目共睹。这些文士，多是从幼年就用功于此，有些人，甚至是几代相传。他们重读书，重旅行，重交友，重唱和，互相鼓励，互相帮助，共同提高。文化素质的提高，必然引发道德、道义的提高。必然引发丰盛的想象力，引发出高尚的意象。高尚的人品，才能有高尚的想象；卑劣者，只能有卑劣的想象。其文章内容、风格、理想，自不相同。

唐代文人，在一种较高的文化素质根基上，创作小说，自有可观。又因为在诗歌领域的想象力，已经非常发达旺盛，表现在小说创作上，亦必不同一般。

三

这可以从比较上说明。此前不论矣。宋代传奇，胡应麟的话是："宋人所记，乃多有近实者，而文采无足观。"鲁迅的话，已见上文，谓其主要缺点，是失去了"飞动之致"。

"飞动"二字，自幼即深印我心，以为是文学之命脉所在。然究竟什么是飞动,如何才能做到飞动,则一直不甚了了。壮年以后,从事此业,见闻稍多,反复思考,所谓"飞动"即日常所谓神来之笔,得意文章。然此尚为玄虚之谈,未能得其要领。

后来读李白《谢朓楼诗》:"蓬莱文章建安骨,中间小谢又清发。俱怀逸兴壮思飞,欲上青天揽明月。"才有所领悟。所谓飞动,就是"逸兴"和"壮思"的出现。就是在事实之上,出现的创造。或是在描述现实时,突然出现的奇思妙想。这些奇思妙想的连续,就形成了作品的"飞动之致"。只有富于想象,诗作最飞动的李白,才能这样透彻地帮助我把问题解释清楚。凡是伟大的艺术品,都必具备"飞动之致"。雕塑、绘画如此。音乐、诗歌亦如此。文学名著《阿Q正传》《红楼梦》《水浒传》,都因富于此"致",而得为小说上乘。

四

历来对宋人传奇的评价,意见也不完全一致。胡应麟把"近实"看作是宋传奇的优长之处,所以鲁迅说他的那一段话,只能是"几近是"。

近人吕思勉说:"惟小说究以理致为主。唐人所为,好用辞藻,故其品实不逮宋人。"并说"……小说也,皆唐人启其端,至宋而后臻于大成,唐中叶后新开之文化,固与宋当画为一期者也。"(《隋唐五代史》第二十一章)这只能说是历史家的一种见解,不必深辩矣。因为文学的飞动,不只靠奇思妙想,而且还要靠足能传达这种奇思妙想的辞藻。这一点,较之唐,宋传奇就大大失色了。

辞藻——语言的作用,绝不可忽视。此文人之法宝,久炼而成;小说之精华,非此莫属。

宋人并非不追求辞藻,有时还常常在文中点缀诗词。不过总的说来,它的文词呆滞,不传神韵。失去魅力,失去读者。读者不能无精神食粮,平话小说乃乘运而兴。

五

唐人传奇之漂亮词句,幼年初读时,即拍案叫绝,至今仍能背诵。如《虬髯客传》之"张氏以发长委地,立梳床前。""不衫不履,裼裘而来,神气扬扬,貌与常异。"《柳毅传》:"蛾脸不舒,巾袖无光,凝听翔立,若有所伺。"《霍小玉传》:"引谕山河,指诚日月。句句恳切,闻之动人。""时春物尚余,夏景初丽,酒阑宾散,离思萦怀。"都非强作美词,眩人眼目。而是逐景生情,发自作者心中,所以能感人,并呈飞动之致。

唐人作诗作惯了,善于推敲,遣词造句,变化神奇,有如魔术。这自然影响到小说的修辞上。

六

唐人传奇的形式,多种多样,有长有短。其内容,也包罗万象。就其主要作品来看,已从记述怪异逐渐进入现实人生。即如写梦幻,实亦为写人间。彰彰者如《南柯太守传》与《枕中记》,写的就是官场的沉浮,人生的荣辱。鲁迅说,唐代文人,"歆羡功名"。所以写这种题材多。名为警世,实亦渲染。

有的是写政治。《虬髯客传》,目的在于政治,即天命不可违,神器不可夺,为李唐着笔,虽有男女间的相遇相慕,只是陪衬,最终是为政治服务的。《东城老父传》《开元升平源》两篇,更是直言不讳地写政治,写国家的治乱兴衰。而《庐江冯媪传》，实际上是一篇现实性很强的农村小景。

完全进入现实生活，目的在于描绘世态的，是《李娃传》。这是唐人传奇中的一篇杰作。白行简不愧为大作家。它的优长之处，在于布局的完整、舒展，行文的自然、大方。对比之下，沈亚之等人的作品，则有些局促。鲁迅所说的"施之藻绘，扩其波澜"，它兼而有之。《霍小玉传》，虽亦缠绵，而波澜不敌。《无双传》，虽有波澜，而不自然。结尾处，为报一己之私情，草菅人命，伤害多人，以增传奇之意，虽步司马迁游侠遗意，然过于残酷，有失人道，不可取也。

《莺莺传》，作自名家，后人锦上添花，声名最显赫，然鲁迅谓"文章尚非上乘，篇末文过饰非，遂堕恶趣"，有贬义。但在唐传奇中，仍为佼佼。至于后来施之弹唱，演为戏曲，则文章之遭遇，亦如人生，有幸有不幸矣。

这篇小说，故事本极平淡，人物除红娘外，性格亦各平平。然千百年来，家传户诵，其理即在于爱情二字。悲欢离合之情，固通于千家万户，通于群众之心。以平淡之造意，获传奇之硕果，元稹之文字功力，究不可没也。

唐人之创作传奇,态度严肃,每有所作,必于篇前篇后,记录自己以及友朋姓名,写作缘起,以及事件发生年月,虽为小说,亦取信于人之意。

七

然记有人名、地址者,不一定皆为传奇,有的则是寓言。

余幼年时,不明这种区分,曾把韩愈的《圬者王承福传》和柳宗元的《种树郭橐驼传》,也视为唐人传奇。鲁迅则说,这种文字,"无涉于传奇",因为它是"以寓言为本,文词为末"的。

这也很难分。从道理上说:作者宣传一种思想,一种见解,借用一个人物的事迹,或通过他的语言,把一种思想和见解宣扬出来,这就是寓言。传奇当然有时也是为了宣扬一种思想,但采取的方式,不是直接说教,而是用具体形象。

我看,寓言和传奇,就是在文学史上,也很难分得清楚。读者会把它们,一样看作是小说。

跋

我在中学读书时，在保定"马号"一家兼营文具的小书铺，买了一本毛边的《中国小说史略》（一九三二年七月第八版，版权页有鲁迅印章），现在还在我的身边。这真可以说是一个奇迹。抗战前所有书籍，都已化为灰烬。这本书是我在土改时，从家中带到饶阳大官亭，在贫农团办公的大院里，拣了一小块办丧事用的黄绫子，把书脊糊裱了一下，又带进天津来了。

一九五二年二月，人文出版了《唐宋传奇集》，三月，我就买了一本。此后，我还买过一本，旧日中华书局为中学生选的《唐宋传奇》。还买过一本神州国光社的《唐人传奇》。前者，"文革"后回故乡时，带着路上看，被同村的一位教书先生拿走了。此人已逝去，书不知流落何方。后者，则忘记送给谁了。

以上两件事，说明我对中国小说及其历史，很早就发生了兴趣，并从鲁迅的著作，得到一些知识。但自己并没有什么研究成果。直到今天，写这篇稿子，还是以先生这两本书，为主要依据，自己也没有什么发明与增补。这同时说明，先生的论述，非常精确，是历久不刊之论。因为他是从作家的角度，研究古代小说的。

不过，因为眼下我的藏书多了一些，为文时，又按照先生的指引，参阅了：

一、《太平广记》一九六二年中华书局排印本。

二、《顾氏文房小说》上海涵芬楼影印本。

三、《资治通鉴考异》同上。

四、《文苑英华》近年中华书局影印本。

五、《说郛》涵芬楼排印张宗祥抄本。

实际也未细读，翻翻而已。

呜呼，晚年无聊，厕身人海，未解超脱，沉迷旧籍。虽古人称，优于博弈，实亦如鲁迅所云："顾旧乡而不行，弄飞光于有尽，此亦岂所以善吾生？"有可悲者矣！

一九九〇年八月二十九日记

谈柳宗元

在旧社会，朋友是五伦之一。这方面的道义，古人看得很重。因为人在社会上工作、生活，就有一个人与人的关系问题。这一关系，在决定一个人的工作和生活的成败利钝方面，较之家庭，尤为重要。所以，古往今来，有很多文章、戏曲，记述朋友之道，以教育后人，影响社会。

讲朋友故事的文学作品，在中国有相当大的数量。有些并不是一般人所能做得到的，也是很难学习的。这些故事，常常赋予人物以重大的矛盾冲突，其结局多带有悲剧的性质。有的表面看来，矛盾冲突并不那样严重，只是志同道合，报答知己，比如挂剑摔琴之类。

古代的友道，现在看来，似乎没有阶级性，现在新的概念是同志或战友。

中国古文中有一种文体，叫"诔"。在历代文集中，它占有相当的位置。字典上说，诔就是：哀死而述其行之辞。就是现在的悼念文章，都是生者怀念他的死去的同志的。此体而外，古文中还有悼诗、挽歌、碑文、墓志、行状、吊文、祭文等等。可见，中国文学用之于死人者，在过去实在是分量太大了。

纪念死者，主要是为了教育生者。如果不是这样，过去这些文章，就没有存在的价值了。

唐代韩愈写的《柳宗元墓志铭》，是作家悼念作家的文章。他真实而生动地记述和描写了当时文人相交的一些情况，文章写得很是精辟。在这篇文章里，我初次见到了"落井下石"一词和挤之落井的"挤"字。

"四人帮"把柳宗元拉入法家，我不懂历史，莫名其妙。大概是这些政治暴发户，看上了柳宗元的躁进这一特点吧。但无论如何，柳宗元也不会喜欢他们这种乱拜祖先的做法的。

我很喜欢柳宗元的文章。他的文章都写得很短，包含着很深的人生哲理。这种哲理，不是凭空设想，而是从现实生活中体验得来。我很少见到像他这样把哲理和现实生活，真正形成血肉一体的艺术功力。他还能把自然界、人的日常生活中的现象，和政治思想、社会组织联系起来。就是说，他能用自然规律、生活规律，表达他对政治、对社会的见解和理想。使天人互通，把天道和人道统一起来。他用以表达这样奥秘的道理的手段，却是活生生的，人人习见的现实生活的精细描绘。

例如《河间传》这篇纪事，后人是把它编入外集的，并不是柳文的典范之作。就是这样一篇文章，也充分显示了柳宗元对现实生活的深刻剖析的艺术能力，同时包含了一种可怕的人生几微。

柳宗元是很天真的。他原来是没经过什么挫折，一帆风顺地走上政治舞台的。一旦不幸，他就经不起风浪，表现得非常狼狈。连和他有同样遭遇的苏东坡，也说他不行。一流放到永州，他就丢魂落魄，头也不梳，脸也不洗，浑身泥垢，指甲很长。我没有到过永州,不熟悉那里的自然环境。据他自述:到野外散散步,消消愁闷吧,又怕遇见蛇咬他,又怕遇见大蜂蜇他,还怕水边有一种虫子,能含沙射向他的影子,使他生疮。遇到风景幽静的地方,他又不敢久停,急忙回家。嬉笑之怒,长歌之哀,看来是很有些神经衰弱了。

中国古代谚语:在东方失去的东西,会在西方得到。柳宗元到永州以后,他的生活视野,思想深度,大大扩展加强了。他认真地、系统地读了很多书,他对所闻所见的生活现象、自然景物,反复研究思考,然后加以极其深刻,极其传神的描画。他在这一时期的作品,登峰造极,辉煌地列入中国文学遗产的宝库。

中国封建社会的政治上的流放刑废,使历史上增加了很多伟大的作家。这些人,可能本来就不是政治上的而应该是文学上的大材。王安石论及八司马,有一段话十分透辟。

毕竟文人是很脆弱的。他付出的劳力过重,所经的忧患过深,所处的境遇过苦,在好容易盼到量移柳州之后不久,就死去了,仅仅四十七岁。

柳宗元死后,他的朋友刘禹锡一祭再祭,都有文章。朋友中间,以韩愈名望最重,所以请他写了墓志铭。这些文章，并不能达于幽冥，安慰死者，但流传下来，对于后代研究柳文者，却有知人论世之用。

这一非凡的生命的不正常的终结，当然不是"始以童子有奇名"，后"为名进士"，"以文章称首"的青年时代的柳宗元，所能预料到的。

柳宗元遭遇如此坎坷，是有自己的弱点，确实犯了错误，并非完全是无辜受害，或有功反受害，含冤而死。他自己说："立身一败，万事瓦裂，身残家破，为世大谬。"如果不是假检讨，那么就是"皆自所求取得之，又何怪也！"朋友们也说到他的缺点，韩愈说他"不自贵重"，刘禹锡说他是"疏隽少检"。

仔细想来，柳宗元在当时，对于国家，对于人民，并没有斩将搴旗、争城夺地的功劳。他所遭际的，不过是当时习见的官场失意。再说，司马虽小，但究竟还是官职，他可以携带家口，并有僮仆，还可以买地辟园，傲啸山水，读书作文，垂名后世，可以说是不幸之幸。

我从青年时期，列身战斗的行伍，对于旧的朋友之道，是不大讲求的。后来因为身体不好，不耐烦嚣，平时不好宾客，也很少外出交游。对于同志、战友，也不作过严的要求，以为自己也不一定做得到的事，就不要责备人家。

自从一九七六年，我开始能表达一点真实的情感的时候，我却非常怀念这些年死去的伙伴，想写一点什么来纪念我们过去那一段难得再有的战斗生活。这种感情，强烈而迫切，慨叹而戚怆，但拿起笔来，又茫然不知从何说起。我们习惯于听评书掉泪，替古人担忧，在揭示现实生活方面，其能力和胆量确是有逊于古人了。

一九七八年十二月二十日

欧阳修的散文

世称唐宋八家，实以韩柳欧苏为最，其他四位，应说是政治家，而非文学家。欧阳修的文风接近柳宗元，他是严格的现实主义者。苏轼宗韩，为文多浮夸嚣张之气，常常是胸中先有一篇大道理，然后归纳成一句警语，在文章开始就亮出来。

欧阳修的文章，常常是从平易近人处出发，从入情入理的具体事物出发，从极平凡的道理出发。及至写到中间，或写到最后，其文章所含蓄的道理，也是惊人不凡的。而留下的印象，比大声喧唱者，尤为深刻。

欧阳修虽也自负，但他并不是天才的作家。他是认真观察，反复思考，融合于心，然后执笔，写成文章，又不厌其烦地推敲修改。他的文章实以力得来，非以才得来。

在文章的最关键处，他常常变换语法，使他的文章和道理，给人留下新鲜深刻的印象。例如《泷冈阡表》里的："夫养不必丰，要于孝。利虽不得博于物，要其心之厚于仁。"

在外集卷十三，另有一篇《先君墓表》，据说是《泷冈阡表》的初稿，文字很有不同，这一段的原稿文字是：

"夫士有用舍，志之得施与否，不在己。而为仁与孝，不取于人也。"

显然，经过删润的文字，更深刻新颖，更与内容主题合拍。

原稿最后，是一大段四字句韵文，后来删去，改为散文而富于节奏：

"呜呼，为善无不报，而迟速有时，此理之常也。惟我祖考，积善成德，宜享其隆。虽不克有于其躬，而赐爵受封，显荣褒大，实有三朝之锡命。"

结尾，列自己封爵全衔，以尊荣其父母。从此可见，欧阳修修改文章，是剪去蔓弱使主题思想更突出。此文只记父母的身教言教，表彰先人遗德，丝毫不及他事。《泷冈阡表》共一千五百字，是欧阳修重点文章，用心之作。

《相州昼锦堂记》是记韩琦的。欧阳与韩，政治见解相同，韩为前辈，当时是宰相。但文章内无溢美之词，立论宏远正大，并突出最能代表相业的如下一节："至于临大事，决大议，垂绅正笏，不动声色，而措天下于泰山之安，可谓社稷之臣矣。"

这篇被时人称为"天下文章，莫大于是"的作品，共七百五十个字。

我们都喜欢读《醉翁亭记》，并惊叹欧阳修用了那么多的也字。问题当然不在这些也字，这些也字，不过像楚辞里的那些兮字，去掉一些，丝毫不减此文的价值。文章的真正功力，在于写实；写实的独到之处，在于层次明晰，合理展开，在于情景交融，人地相当；在于处处自然，不伤造作。

韩文多怪僻。欧阳修幼时，最初读的是韩文，韩应是他的启蒙老师。为什么我说他宗柳呢？一经比较，我们就会看出欧、韩的不同处，这是文章本质的不同。

这和作家经历、见识、气质有关。韩愈一生想做大官，而终于做不成；欧阳修的官，可以说是做大了，但他遭受的坎坷，内心的痛苦，也非韩愈所能梦想。因此，欧文多从实际出发，富有人生根据，并对事物有准确看法，这一点，他是和柳宗元更为接近的。

欧阳修的其他杂著，《集古录跋尾》，是这种著作的继往开来之作。因为他的精细的考订和具有卓识的鉴赏，一直被后人重视。他的笔记《归田录》，不只在宋人笔记中首屈一指，即在后来笔记小说的海洋里，也一直是规范之作。他撰述的《新五代史》，我在一年夏天，逐字逐句读了一遍。一种史书，能使人手不释卷，全部读下去，是很不容易的。即如《史记》《汉书》，有些篇章，也是干燥无味的。为什么他写的《新五代史》，能这样吸引人，简直像一部很好的文学著作呢？这是因为，欧阳修在《旧五代史》的基础上，删繁就简，着重记载人物事迹，史实连贯，人物性格突出完整。所见者大，所记者实，所论者正中要害，确是一部很好的史书。这是他一贯的求实作风，在史学上的表现。

据韩琦撰墓志铭，欧阳修"嘉祐三年夏，兼龙图阁学士，权知开封府事。前尹孝肃包公，以威严得名，都下震恐。而公动必循理,不求赫赫之誉。或以少风采为言,公曰:'人才性各有短长,吾之长止于此,恶可勉其所短以徇人邪!'既而京师亦治。"从此处,可以看出他的为人处世的作风,这种实事求是的工作态度,必然也反映到他的为文上。

他居官并不顺利,曾两次因朝廷宗派之争,受到诬陷,事连帷薄,暧昧难明。欧阳修能坚持斗争,终于使真相大白于天下,恶人受到惩罚。但他自己也遭到坎坷,屡次下放州郡,不到四十岁,须发尽白,皇帝见到,都觉得可怜。

据吴充所为行状:"嘉祐初,公知贡举,时举者为文,以新奇相尚,文体大坏。公深革其弊。前以怪僻在高第者,黜之几尽,务求平澹典要。士人初怨怒骂讥,中稍信服,已而文格遂变而复正者,公之力也。"

韩琦称赞他的文章:"得之自然,非学所至。超然独骛,众莫能及。譬夫天地之妙,造化万物,动者植者,无细与大,不见痕迹,自极其工。于是文风一变,时人竞为模范。"

道德文章的统一,为人与为文的风格统一,才能成为一代文章的模范。欧阳修为人忠诚厚重,在朝如此，对朋友如此，观察事物，评论得失，无不如此。自然、朴实，加上艺术上的不断探索，精益求精，使得他的文章，如此见重于当时，推仰于后世。

古代散文，并非文章的一体，而是许多文体的总称。包括：论、记、序、传、书、祭文、墓志等。这些文体，在写作时，都有具体的对象，有具体的内容。古代散文，很少是悬空设想，随意出之的。当然，在某一文章中，作者可因事立志，发挥自己的见解，但究竟有所依据，不尚空谈。因此，古代散文，多是有内容的，有时代形象和时代感觉的。文章也都很短小。

近来我们的散文，多变成了"散文诗"，或"散文小说"。内容脱离社会实际，多作者主观幻想之言。古代散文以及任何文体，文字虽讲求艺术，题目都力求朴素无华，字少而富有含蓄。今日文章题目，多如农村酒招，华丽而破旧，一语道破整篇内容。散义如无具体约束，无真情实感，就会枝蔓无边。近来的散文，篇幅都在数千字以上，甚至有过万者，古代实少有之。

散文乃是对韵文而言，现在有一种误解，好像散文就是松散的文章，随便的文体。其实，中国散文的特点，是组织要求严密，形体要求短小，思想要求集中。我们从以上所举欧阳修的三篇散文，就可以领略。至于那种称作随笔的，是另外一种文体，是执笔则可为之的，外国叫作 Essay。和散文并非一回事。

现在还有人鼓吹，要加强散文的"诗意"。中国古代散文，其取胜之处，从不在于诗，而在于理。它从具体事物写起，然后引申出一种见解，一种道理。这种见解和道理，因为是从实际出发的，就为人们所承认、信服，如此形成这篇散文的生命。

一九八〇年五月

读《东坡先生年谱》

王宗稷编,在《东坡七集》卷首。

——

此年谱字数不多,非常简要。记述精当,绝不旁枝。年月之下,记东坡居何官,在何地曾作何诗文,以相印证。东坡诗文,多记本人经历见闻,取材甚便。诗文有不足以明,则引他人诗文旁证之。余以为可作文人年谱之楷模。

二

据年谱:苏东坡二十一岁,举进士;二十五岁,授河南府福昌县主簿;二十六岁,授大理评事、凤翔府签判;三十岁,判登闻鼓院,直史馆;三十四岁,监官告院;三十六岁,因与王安石不和,通判杭州;四十岁,通判密州;四十二岁,知徐州;四十四岁,移湖州。

此间出事,年谱云:是岁言事者,以先生湖州到任谢表以为谤。七月二十八日中使皇甫遵到湖追摄。按子立墓志云:予得罪于吴兴,亲戚故人皆惊散,独两王子不去,送予出郊曰:死生祸福天也,公其如天何?返取予家,致之南都。又按先生上文潞公书云:某始就逮赴狱,有一子稍长,徒步相随,其余守舍皆妇女幼稚。至宿州,御史符下,就家取书,州郡望风,遣吏发卒,围船搜取,长幼几怖死。既去,妇女恚骂曰:是好著书,书成何所得,而怖我如此,悉取焚之。

耕堂曰:余读至此,废卷而叹。古今文字之祸,如出一辙,而无辜受惊之家庭妇女,所言所行,亦相同也,余曾多次体验之。

然宋时抄家，犹是通过行政手段：有皇帝意旨，官吏承办，尚有法制味道。自有人提倡和尚打伞以来，抄家变成群众行动，遭难者受害尤烈矣。司马相如死后，汉武帝令人至其家取书（是求书不是抄家）。卓文君言：相如无书也，有书亦为人取去。所答甚得体，有见识，不愧为文君也。朱买臣之妻尤有先见之明，力阻其夫读书，不听，则与之离婚，盖深明读书无益，而为文易取祸也。此两位妇女，余甚佩服，故曾为两篇短文称颂之。

四十五岁责授黄州团练副使。五十一岁哲宗元祐元年，入侍延和，迁翰林学士，知制诰——这是苏东坡一生中最得意的几年，曾蒙太皇太后及哲宗皇帝召见，命坐赐茶，并撤御前金莲灯送归值所。

耕堂按：这在旧日官场看来，是一种殊荣。但令不喜官场的人看来，这不过是妇人呴呴之恩，买好行善而已。

五十四岁，出知杭州。五十七岁，在颍州。五十八岁，再入朝，任端明、侍读二学士。五十九岁，即绍圣元年，又不利，出知定州、英州，再贬宁远军节度副使，惠州安置。过虔州，又责授琼州别驾，昌化军安置。即过海矣。六十三岁在儋州。六十六岁，放还，死于常州。

耕堂按："安置"即管制。后之"随意居住"，即解除管制矣。

三

纵观东坡一生为官，实如旅行，很少安居一处。所止多为驿站、逆旅、僧舍，或暂住朋友处，亦可谓疲于奔命矣。其官运虽不谓佳，然其居官兴趣未稍减。东坡幼读东汉书，慕范滂之为人，为母所喜，苏辙作墓志，及宋史本传均称引之。可知其志在庙堂，初未在文章。古人从不讳言：学而优则仕，因士子于此外，别无选择。如言：学而优则商，在那时则不像话。既居官矣，则如骑虎，欲下不能，故虽屡遭贬逐，仍不忘朝廷。

东坡历仁、英、神、哲、徽五朝，时国土日蹙，财政困难，朝政纷更多变，虽善为政者，亦多束手，况东坡本非公卿之材乎。既不能与人共事，且又恃才傲物，率意发言，自以为是。苏辙作墓志，极力罗列其兄政绩，然细思杭州之兴修水利，徐州之防护水灾，定州之整顿军纪，亦皆为守土者分内之事，平平而已，谈不上大节大能。此外，东坡两度在朝，处清要之地，亦未见其有何重大建树。文章空言，不足据以评价政绩也。

远古不论，中国历史上，在政治上失意而在文学上有成者，唐有柳宗元，宋有苏东坡。柳体弱多病，性情忧郁，一贬至永州，即绝意仕途，有所彻悟。故其文字，寓意幽深，多隐讳。苏东坡性情开放，乐观，体质亦佳，能经波折，不忘转机，故其文字浅近通达，极明朗。东坡论文，主张行所当行，止所当止，并以为文止而意不尽，乃是文章极致。然读其文章，时有激越之词，旁敲之意，反复沵贯，有贾谊之风，与柳文大异。然在宋朝，欧公之外，仍当首选。其父与弟，以及王安石、曾巩，皆非其匹。以上数人，在处理政事上，皆较东坡有办法，有能力，因此也就不能多分心于文学。人各有禀赋、遭际，成就当亦不同。

苏东坡生活能力很强，对政治沉浮也看得开，善于应付突然事变，也能很快适应恶劣环境。在狱中，他能吃得饱，睡得熟；在流放中，他能走路，能吃粗饭。

能开荒种地,打井盖屋。他能广交朋友,所以也有人帮助。他不像屈原那种人,一旦失势,就只会行吟泽畔;也不像柳宗元,一遇逆境,便一筹莫展。他随时开导娱乐自己,可以作画,可以写字,可以为文作诗,访僧参禅,自得其乐,还到处培养青年作家,繁荣文艺。然其命运,终与柳宗元无大异,亦可悲矣!

四

《宋史本传》,全袭苏辙所作墓志铭,无多新意,惟末尾论曰:

> 呜呼!轼不得相,又岂非幸欤?或谓轼稍自韬戢,虽不获柄用,亦当免祸。虽然,假令轼以是而易其所为,尚得为轼哉!

还是有些见解的。

一九九一年八月十一日

《金瓶梅》杂说

从青年时起，《金瓶梅》这部小说，也浏览过几次了，但每次都没有正经读下去。老实说，我青年时，对这部小说，有一种矛盾心理：又想看又不愿意看。常常是匆匆忙忙翻一阵，就放下了。稍后，从事文学工作，我发见，从文字爱好上说，这部书并不是首选，首选是《红楼梦》。我还常常比较这两部书，定论：此书风格远不及《红楼梦》。

今年夏季，人民文学出版社印行了《金瓶梅》的删节本。说它是删节本，就是区别于过去所谓的"洁本"。我过去读到的洁本，是郑振铎主编的《世界文库》上连载的，虽未读完，但记得是删得很干净的。人文此本，删得不干净，个别字句不删，事前事后感情酝酿及余波也不删。这样就保存了较多的文字，对研究者有利，但研究者还是需要读全文。究竟哪一种删法好，不在这篇文章研究之列，不多谈。

想说的是，我已是老年，高价买了这部书，文字清楚，校对也比较精细，又有标点，很想按部就班，认真地读一遍。这倒不是出于老有少心，追求什么性感上的刺激；相反，是想在历尽沧桑之后，红尘意远之时，能够比较冷静地、客观地看一看这部书究竟是怎样写的，写的是怎样的时代，如何的人生，到底表现了多少，表现得如何，做出一个供自己参考的、实事求是的判断。

我从来不把小说，看作是出世的书，或冷漠的书。我认为抱有出世思想的人，是不会写小说的，也不会写出好的小说。对人生抱绝对冷漠态度的人，也不能写小说，更不能写好小说。《红》如此，《金》亦如此。作家标榜出世思想，最后引导主人公去出家，得到僧道点化，都是小说家的罩眼法。实际上，他是热爱人生的，追求恩爱的。在这两点上，他可能有不满足，有缺陷,抱遗憾,有怨恨,但绝不是对人生的割弃和绝望。

自从唐代,小说这种文体,逐渐完善起来,就成为对人生进行劝惩的一种途径。在故事结构上,就常常表现一种因果。释道两家也都谈因果,在世俗中形成一种观念。但是,文学上的因果报应说,实际上是人民群众,特别是弱小者,不幸者的一种愿望。在实际生活中,往往并不如此。因为善恶的观念,有时并不稳定,有时是游离的,有时是颠倒的。这种观念受时代的影响,特别是经济、政治的影响,这种影响,随形势变化而变化。

我并不反对,有些小说标榜因果报应。因果,就是现实发展、变化的规律。事物都有它的起因和结果。起因有时似偶然,然其结果则是必然。其间迂回、曲折,或出人不意,或绝处逢生,种种变化,都是事物发展的过程。作家能真实动人地反映这一过程,使读者有同感,能信服,得警悟,这就是成功之作。起于青萍之末也好,见首不见尾也好。红极一时,灯火下楼台也好,烟消火灭,树倒猢狲散也好。虽是小说家点缀,要之不悖于真实。兴衰成败,生死荣枯,冷热趋避，人生有之，文字随之，这是毫不足奇的。小说家常常以两个极端，作为小说结构的大局布，庸俗者可成为俗套，大手笔究竟能掌握世事人生的根本规律。在写因果报应的小说中，《金瓶梅》是最杰出的，最精彩的一部。它不是简单的图解和说教，它是用现实生活的生动描绘，来完成这一主题。

历来谈《金瓶梅》者，每谓西门庆这一人物，实有所指，就是说有个真实的人做模特儿，这是可以相信的。很多著名小说中的人物，都有所依据。前人说"蔡京父子则指分宜（严嵩）"，也并非妄言。

最古老的小说，主角多是神魔，稍后是帝王、将相。唐代传奇，降而描述人生，然主人多非平民，而是奇逸之士。《金瓶梅》始转向现实，直面人生，真正的白描手法，亦自它开始。

《金瓶梅》选择了西门庆这样一个人，这样一个家族。用这个人和这个家族，联系当时社会的各个方面：朝廷、官场、市井，各行各业，各种人物。这种多方面的，复杂的人物和场景，是小说创作的一种新局面，也是这一书开创起来的。

《金瓶梅》运用了写实的手法，或者说是自然主义的手法，描写不避烦琐。采用日常用语，民间谚语，甚至地方土话，来表现人物的性格，色彩和气氛，也是它的创造。

这部小说保留的民间谚语，比任何小说都多，都精彩，它有时还用词曲韵语，直接代替人物的对话，或对事物的描写。

作者选择一个暴发户，作为小说的主人，是和时代有关的。通过这样的人物，表明明代中季社会的面貌和内涵，最为方便。外国小说，有只写一个普通农民，普通工人的，并不要求人物社会地位的显赫。中国小说的传统，则重视主要人物的社会地位及其联系面。用广泛的接触，突出时代的特性。《红楼梦》写的是八旗贵族，这是清初的时代特征。《金瓶梅》写的是山东清河县内，一个暴发户的生活史。每个封建王朝，都会产生一大批暴发户。元朝蒙古入侵，明朝朱元璋定统，都产生了自己的暴发户。暴发户不只与当时经济制度有关，而更重要的，是必须投当代政治之机，与政治制度有关。它用市井生活做背景，这是明中叶社会生活的缩影。

曹雪芹是八旗子弟。《金瓶梅》的作者，则属于下层。然其文化修养,艺术素质,观察能力,表现手段,都不同凡响,虽尚未考证出作者确实姓氏,但他一定是个大手笔。他是混迹于市井生活的人,不是什么显贵。他对当时政治的黑暗,看得很清楚。他对这一社会,充满憎恶之情,但写来不露声色,非常从容。他也受当时社会风气的影响,所以写了那么多露骨的淫亵文字。他力图全面表现这一社会,其目的当然不会是单纯的泄愤或报复。他是锐意创新的,他想用这种白描式的社会人情小说,一新读者的耳目,并引导读者面对人生现实。他的功绩不只在于他创造了这部空前形态的小说,而在于他的作品孕育了一部更伟大的《红楼梦》。

不仔细阅读《金瓶梅》,不会知道《红楼梦》受它影响之深。说《红楼梦》脱胎于它,甚至说,没有《金瓶梅》,就不会有《红楼梦》,一点也不为过分。任何文学现象,都是在前人的基础上产生的,任何天才的作家,都必须对历史有所借鉴。善于吸收者,得到发展,止于剽掠者,沦为文盗。

《金瓶梅》所写的生活场景,例如家庭矛盾,婚丧势派,妇女口舌,宴会游艺,园亭观赏,诗词歌曲,无不明显地在《红楼梦》中找到影子。当然《红楼梦》作者的创作立意，艺术修养境界更高，所写，有其独特的色彩，表现，有其独特的个性，在多方面，都凌驾于《金瓶梅》之上，但并不能掩盖它的光辉。

任何艺术，比较其异同，是困难的，也是蹩脚的。在艺术上，不会有相同的东西，这是艺术的创造性所确定的。但是，我在读《金》的过程中，常常想到《红》，企图做一些比较，简列如下：

一、《金》的写法，更接近于宋元话本，它基本上是用的讲述形式，其语言是诉诸"听"的，它那样多地引用了唱词曲本，书也标明词话，也从这里出发。

二、《红》的写法，虽也沿用宋以来白话小说的传统，特别是《金》的语言的传统，但它基本上是写给人看的，是诉诸视觉的。它的语言，不再那样详细烦琐，注意了含蓄，给人以想象和回味。

三、《红》语言的这种特点，是源于作者的创作立场和主观情感。《红》的作者，写作的目的，是感伤自己的身世，追忆过去的荣华。在写作中，他的心时时刻刻是跳动的，是热的，无论是痛哭，或是欢乐。

而《金》的作者，所写的是社会，是世态，是客观。

《金》的作者对于他所描绘的世态也好，人情也好，都持一种冷眼观世的态度。这些描述，在他的笔下虽是那样详细无遗，毛发毕现，总给人一种极端冷静的感觉，嘲讽的味道。这一特点，当然也表现在它的语言上。

四、《金》的写法，更接近于自然主义，作者主观的感情色彩，较之《红》，是少得多了。对于世态人情，它企图一览无余地，倾倒给读者："你们看看，世界就是这个样子！"那些猥亵场面，也是在作者这样心情下，扔出来的。而"红"的作者对他所描写的东西，都精心筛选过，在艺术要求上，做过严格的衡量。即使写到男女私情，也做了高明的艺术处理，虽自称为"意淫"，然较之《金》，就上乘得多了。

我不知道自己是不是有道学家的思想。最近看了一本马叙伦的《石屋余沈》，他在谈到淫秽小说《绿野仙踪》时说："即中年人亦岂可阅！不知作者何心。"他是教育家，他的话是可以相信的。这些淫秽文字，在《金》的身上无疑也是赘瘤。

五、因此，虽都是现实主义的艺术珍品，就其艺术境界来说，《红》落脚处较高，名列于上，是当之无愧的。

西门庆是个暴发户，他的信条，也是一切暴发户的生财之道，"要得富，险上做"。他除去谋求官职，结交权贵（太使、巡按、御史、状元），也结交各类帮闲、流氓打手，作为爪牙。他还有专用的秀才，为他歌功颂德，树碑立传。他开设当铺、绸缎铺、生药铺，这都是当时最能获利的生意。他放官债，卖官盐，官私勾结，牟取暴利。他夺取别人家的妻妾，同时也是为了夺取人家的财货。娶李瓶儿得了一大笔财产，娶孟玉楼，又得了一大批财产。这是一个路子很广，手眼很大，图财害命，心毒手狠的大恶棍、大流氓，是那个时代的产物。这无疑是当时社会上，最惹人注意的形象，因此，也就是时代的典型形象。

书中说："火到猪头烂，钱到公事办。"西门庆，贪得无厌，贪赃枉法，一旦败露，他会上通东京太师府，用行贿的办法，去求人情。他行贿是很舍得花钱的，因此收效也很大。行贿的办法是，先买通其家人，结交其子弟。本书第四十七、第四十八两回，写西门庆行贿消祸，手法之高，收效之速，真使人惊心动魄。

这种人依仗权势、财物、心计、阴谋，横行天下。

受害的,当然还是老百姓。活生生的人口,也作为他们的货物,随着出纳,有专门的媒婆,经纪其事。一个丫头的身价,只有几两银子或十几两银子。社会风气,也随之败坏,他们虐辱妇女:用马鞭子抽打,剪头发,烧身子。书中所记淫器,即有六七种之多。《金瓶梅》是研究中国妇女生活史的重要资料库。

说媒的,算卦的,开设妓院的,傍虎吃食的,各色人物,作者都有精细周到的描述。对下层社会的熟悉和对各行各业的知识,以及深刻透彻的描写,很多地方,非《红楼梦》作者所能措手。

《金瓶梅》的结构是完整的,小说的进行,虽时有缓滞烦琐,但总的节奏是协调的。故事情节,前后有起伏,有照应,有交代。作者用心很细。艺术功力很深。曹雪芹没有完成自己的著作,不能使人了解其完整的构思。《金瓶梅》的作者,写完了自己的小说,使人了然于他的设想。他写了这一暴发户从兴起到灭亡的急骤过程。

作者深刻地写出了,这种暴发户,财产和势派,来之易,去之亦易;来之不义,去之亦无情的种种场面。写得很自然,如水落石出,是历来小说中很少见到的。

他用二十回的篇幅，写了这一户人家衰败以后的景象。这一景象，比起《红楼梦》的后四十回，触目惊心得多，是这部小说的最精彩、最有功力的部分。

鲁迅的小说史和郑振铎的文学史，都很推崇这部小说，郑并且说它超过了《水浒》《西游》。鲁迅称赞之词为：作者之于世情，盖诚极洞达，凡所形容，或条畅，或曲折，或刻露而尽相，或幽伏而含讥，或一时并写两面，使之相形，变幻之情，随在显见，同时说部，无以上之。此为定论，万世不刊也。文学工作者，应多从此处着眼，领略其妙处，方能在学习上受益。如果只注意那些色情地方，就有负于这次出版的美意了。印删节本，是一大功德。此书历代列为禁书，并非都是出于道学思想。那些文字，确不利于读者，是道地的伐性之斧，而且不限于青年人。很多人喊叫，争取看全文，是出于好奇心理。

此书最后，虽以"普静师荐拔群冤"收场，然作者对于僧道一行，深恶痛绝，书中多处对他们进行淋漓尽致的揭露，抒发了对这些只会念经，不事生产的特种流氓、蛀虫的痛恨和嘲笑。甚至发出这样的感叹："何人留下禅空话，留取尼僧化稻粱。"又说："若使此辈成佛道，西天依旧黑漫漫!"几百年后，诵读之下，仍为之一快。

中国自古神道设教，以补政治之不足，日久流为形式，即愚氓亦知其虚幻。然苦于现实之残酷，仍跪拜之，以为精神寄托。所以，凡是以佛法结尾的小说，并非其真正主题，乃是作者对历史的无情，所做的无可奈何的哀叹。

《金瓶梅》的真正主题是什么呢？鲁迅说：

> 故就文辞与意象以观《金瓶梅》，则不外描写世情，尽其情伪，又缘衰世，万事不纲，爱发苦言，每极峻急，然亦时涉隐曲，猥黩者多。

这是一部末世的书，一部绝望的书，一部哀叹的书，一部暴露的书。

一九八五年八月二十六日
昨夜雨，晨四时起作此文，
下午二时草讫

关于《聊斋志异》

我读书很慢,遇到好书好文章,总是细细咀嚼品味,生怕一下读完。所以遇到一部长篇,比如说二十万字的书,学习所需的时日,说起来别人总会非常奇怪。我对于那些一个晚上能看完几十万字小说的人,也是叹为神速的。

《聊斋志异》这部小说,我不是一口气读完,断断续续读了若干年。那时,我在冀中平原做农村工作,农村书籍很缺,加上日本帝国主义的烧掠,成本成套的书是不容易见到的。不知为了什么,我总有不少机会能在老乡家的桌面上、窗台上,看到一两本《聊斋》,

当然很不完整,也只是限于石印本。

即使是石印本的《聊斋》吧,在农村能经常遇到,这也并不简单。农村很少藏书之家,能买得起一部《聊斋》,这也并非容易的事。这总是因为老一辈人在外做些事情,或者在村里经营一种商业,才有可能储存这样一部书。

石印本一般是八本十六卷。这家存有前几本,过些日子,我又在别的村庄读到后几本,也许遇到的又是前几本,当然也不肯放过,就再读一遍。这样,综错回环,经过若干年月,我读完了《聊斋》其中若干篇,读了当然不止一次。

最初,我是喜欢比较长的那些篇,比如《阿绣》《小翠》《胭脂》《白秋练》《陈云栖》等。因为这些篇故事较长,情意缠绵,适合青年人的口味。

书必通俗方传远。像《聊斋》这部书,以"文言"描写人事景物,在很大程度上,限制了它的读者面,但是,自从它出世以来,流传竟这样广,甚至偏僻乡村也不断有它的踪迹。这就证明:文学作品通俗不通俗,并不仅仅限于文字,即形式,而主要是看内容,即它所表现的,是否与广大人民心心相印,情感相通,而为他们所喜闻乐见。

《聊斋志异》，是一部现实主义的书。它的内容和它的表现形式，在创作中，已经铸为一体。因此，即使经过怎样好的"白话翻译"，也必然不能与原作比拟。改编为剧曲，效果也是如此。可以说，"文言"这一形式，并没有限制或损害《聊斋》的艺术价值，而它的艺术成就，恰好是善于运用这种古老的文字形式。

过去有人谈过：《聊斋》作者，学什么像什么，学《史记》像《史记》，学《战国策》像《战国策》，学《檀弓》像《檀弓》。这些话，是贬低了《聊斋》作者。他并不是模拟古人古书，他是在进行创作。他在适当的地方，即故事情节不得不然的场所，吸取古人修辞方法的精华，使叙事行文，或人物对话，呈现光彩夺目的姿态或惊心动魄的力量。这是水到渠成，大势所趋，是艺术的胜利突破，是蒲松龄的创造性成果。

行文和对话的漂亮修辞，在《聊斋》一书中是屡见不鲜的。可以说，非同凡响的修辞，是《聊斋》成功的重大因素之一。

接受前人的遗产，蒲松龄的努力是广泛深远的。作为《聊斋》一书的创作借鉴来说，他主要取法于唐人和唐人以前的小说。宋元明以来，对他来说，是不足挂齿的。他的文字生动跳跃，传情状物能力之强，无以复加的简洁精练，形成了《聊斋》一书的精神主体。

在哲学意义上说，内容决定形式，形式对内容又起很大的反作用，即是内容和形式的辩证统一。这一般非只就一部作品完成了它的创作形态以后而说的，是指创作的全部过程。一种内容可以有各种形式，有成功或失败的形式。决定艺术作品成功与失败的，是作家对这一内容的思想、体验、选择和取舍，即艺术的全部手段。

汉代是一历史内容。它有《史记》和《汉书》两种不同的形式，各有千秋，另外还有许多不能完整流传下来的《汉书》，不能流传，自然是一种失败。

同样，《聊斋》所写，很多内容，是古已有之的。神怪小说，在中国文学史上，是汗牛充栋的。但是蒲松龄在这一领域，几乎是一人称霸。

什么原因？我在陆续阅读这部小说的时候，不能不想到这个问题。

鬼神志怪书，晋及六朝已盛行。真正成为文学创作，则是唐开元天宝以后的事。著名的作家有沈亚之、陈鸿、白行简、元稹、李公佐等。这些作家的作品，都明显地影响了《聊斋》。

唐人小说，包括大作家韩愈和柳宗元的作品在内，在创作上形成一个新的起点，继往开来，为中国短篇小说开拓出一种全新的境界。

唐人小说的特点：

一、很多作品，写的是真人真事，为各个阶层、各种职业的平凡人物作传。在这些传记性的作品里，都有鲜明的典型环境和人物性格，表明深湛的哲学道理，生活的不可抗拒的规律。它不再侈谈神怪，也不空谈因果。

二、他们不再把"小说"当作奇怪见闻、游戏文章，轻率地处理。而是郑重其事，严肃周密地去进行创作。他们的作品都含有人生和社会的重大命题。他们的故事生动曲折，主题鲜明突出，人物活泼可爱。他们从简单重复的神奇怪异的小圈子里走出来，到现实社会生活中去。这一时代的小说，现实主义的内含，特别突出显著。

三、唐代小说作者,也都是诗人,他们非常重视语言的艺术效果。在他们的散文作品里,叙事对话,简洁漂亮,哲理与形象交织,光彩照人。

这些特点,在宋元的同类作品中,逐渐减弱。一些作者,在小说中,有意卖弄才情,塞进大量无聊诗词,破坏小说的组织,使小说充满酸气。到了明末,好的传统可以说是消磨殆尽了。

《聊斋》一书,追溯唐人的现实主义源头。它把一束束春雨后的鲜花,抛向读者。

《聊斋志异》的现实主义成就,必然和作者的生活经历有关。据有关材料,蒲松龄的主要生活历程为:

一、明崇祯十三年,生于山东淄川县满井庄。
二、少有文才,但屡困场屋。
三、曾短期到江南宝应县任幕宾。
四、长期馆于同邑名人家。

蒲松龄在宝应县,只有一年多时间,他活了七十六岁,可以说,他整个一生是在故乡度过的。

农村是广阔的天地，人物众多，是文学创作取之不尽的最大最深的源泉，是民族历史文化的无尽宝藏，是国家经济政治最大的体现场所。所谓民间传说，民间故事，民间语言，对创作《聊斋》来说，都是宏伟的基础。蒲松龄这个生活根据地，可以说是长期而牢固的了。古今中外，凡是伟大的作家，没有不从农村大地吸取乳汁的。

在名人家坐馆，教授几个生徒，是很轻松的工作。他有充分的时间，从事采访、思考、观察和写作。鲁迅说：有闲不一定能创作，但要创作，则必须有一定的余闲。过于穷困，则要忙于衣食；过于富贵，则容易流于安逸。蒲松龄过的是清寒士子的生活，他兼理家务，可得温饱，因此，他可以专心著书。

到江淮旅行一次，对他创作也是有利的。往返途程，增加不少实际见闻，体验了各处风土人情，交了不少新的朋友，并收集到很多奇闻异事，作为他以后创作的素材。我们在《聊斋》中，常常见到一些江淮情景，就是此行的收获。

《聊斋》的题材，故乡的材料，占很大比重，包括历史传闻和亲身经历。他也从古代记事中取材，但为数不多。

蒲松龄在文学修养方面，取精用宏。中国的志异小说，有《太平广记》等专集，供他欣赏参考。但绝不限于此，他对于经史子集中的记事，无不精心研讨，推陈出新，汇百流为大海。

在技巧准备方面，他作了多方面的努力。据现有的材料，他曾写了文集十三卷；诗集五卷，又有续录；词集不分卷；杂著五册；戏三出；通俗俚曲十四种。

这些著作的总字数，大大超过了《聊斋》的字数，但总观一过，虽然都有独具风格的才情和内容，其成就皆不及《聊斋》。文绝一体，天才孤诣；参天者多独木，称岳者无双峰。蒲松龄倾其才力于一书，所遗留人间的，已号洋洋，我们还能向他多求吗？这些著作，对蒲松龄创作小说，都可以说是准备。

《聊斋》很多篇写了狐鬼，现实主义力量，使这些怪异，成了美人的面纱，铜像的遮布，伟大戏剧的前幕，无损于艺术的本身。蒲松龄所处的时代和社会，是很动乱和黑暗的，时代迫使作家采取了这种写法。作家在创作上，实际突破了时代和环境的樊篱。有很多作品，具备深刻的时代意义和社会意义，无情地对社会作了揭露和批判。他写的狐鬼，多数是可爱可亲近的。他把一些动物，比如狐、獐、猫、鼠；飞禽如鸽、鹌鹑、秦吉了；水族如鱼、蛙；虫类如蟋蟀、蝇、蝶，都赋予人的性格，而带有它们本身的生活特征。他对于植物，如菊、牡丹、耐冬的描述，尤其动人。他对于各种植物的生态，有很细致的研究。大如时代社会，天灾人祸；小如花鸟虫鱼，蒲松龄都经过深刻的观察体验，然后纳入他的故事，创作出别开生面、富有生机、饶有风趣的艺术品。在这部小说里，蒲松龄刻画了众多的聪明、善良、可爱的妇女形象，这是另一境界的大观园。

这是一部奇书，我是百看不厌的。而蒋瑞藻作《小说考证》，斥之为千篇一律，不愿再读。他所指盖为所写男女间的爱情以及女子之可喜可爱处。如此两端，在人世间实大同小异，有关小说，虽千奇百态，究竟仍归千篇一律，况《聊斋》所写，远不止此。蒋氏作考证，用力甚勤，而于文学创作，识见如此之偏窄，不知何故。

随着年龄和阅历的增长，我越来越喜爱那些更短的篇，例如《镜听》。同时，我也喜爱"异史氏曰"这种文字，我以为是直接承继了司马迁的真传。

蒲松龄也是发愤著书，终其生，他也没得见到他自己的辛勤著作印刷出版。

粗略地谈过这部名著，我们从作品和作家那里，能获得哪些有益的经验教训呢？

一九七八年七月二十三日

《红楼梦》杂说

清兵的入关,使中国封建社会的阶级关系,发生新的畸形的变化。民族压迫和阶级压迫交织在一起,相互促进,广大农民所受的剥削和压榨,更加深重了。汉人变成了旗人的奴隶,原来的地主阶级,把所受旗人的剥夺,转嫁给他们的奴隶——农民。"随龙入关"的,数以百万计的控弦之士,连同他们为数众多的家属,不劳而食,拥有庄园、商业、作坊。

统一全国后,上层统治者中间的矛盾斗争,愈演愈烈,父子兄弟之间,倾陷残杀。因此,就愈严等级之分,上下之别,层层统制,互相监视。政治方面的这种风气，由宫廷而官场，由官场而散布于社会，形成观念和风习。

《郎潜纪闻》一书中记载：在这一时期，每年只京城一地，旗人的奴仆，因不堪虐待，自杀身死，申报到刑部的，就数以千计。其隐瞒不报，或贫病而死的，还不知有多少。这一广大的奴隶群，身价之低贱，命运之悲惨，走投之无路，已经可见一斑。

旗人除强占土地、房屋、财产以外，还将大量的奴隶，收入他们的府内。其中包括大量的男女小孩，多数是京畿一带农民的子女。

这些奴隶，也把他们的社会关系，生活习惯，民间语言，民间传说，带进宫廷、官府，如此就大大丰富了像曹雪芹这些人的生活知识和语言仓库。

清代统治者，原来也设想，就保持他们的无文化或低文化状态，并在汉民中也推行这种愚民政策，以弓马的优势，统治中国。但这是不可能的。文化对于人民，如同菽粟，高级的进步的文化，必然要影响低级落后的文化，而促使其进步，必然要像水向低处流，填补其空白区。

雍、乾时期，旗人的文化生活，逐渐丰富起来。

皇帝三令五申，也阻止不住它的飞速发展。皇帝愿意他的旗下奴隶，继续练习弓马，准备为朝廷效力（就像贾珍教训子弟那样）。限制他们与汉人文士交接往来，以养成舞文弄墨的恶劣习惯。但他们却非要吟诗作赋，写字画画不可。他们不事生产，养尊处优，在中国文化的美丽奇幻的长江大河之中，畅游不息，充军杀头，也控制不住这种趋势。于是在很短的时间里，就出现了那么多的八旗名士。

这一部分人，对于他们面临的现实生活，政治设施，社会现象，有较深的观察能力和理解能力，也具备了一定的表现能力。而曹雪芹无疑是这些人中间的佼佼者。

当然，曹雪芹感受最深的，是他本阶级的飘摇以及他的家庭的突然中落。大家知道，在雍、乾两期，像曹家这种遭遇，并不是个别少见，而是接踵而来，司空见惯的。雍正皇帝，以抄臣民的家，作为他主要的统治手段，并且直言不讳，得意扬扬，认为是一种杰作。他刻薄寡恩，利用奸民家奴，侦查倾陷大臣，用朱批谕旨，牵制封疆，用圣谕广训，禁锢人民思想，使朝野上下，日处于惊惶恐怖之中，曹家的亲友，就不断发生类似的飞灾横祸。

曹雪芹面对这种现实，他思考、探讨，并企图得到答案：什么是人生？人生为何如此？

他从现实生活中，归结出一个普遍的规律：生活在时刻变化，变化无常，并不断向相反的方面转化。决定人生命运的，不是自己，而是外界的一种力量。这种力量，有时可知，有时不可知。他痛感身不由己，"好""了"相寻，谋求解脱，而又处于无可奈何之中。

在命运的轮转推移中，遭逢不幸，并不限于底下层，也包括那些最上层——高官命妇，公子小姐。曹雪芹的思想是入世的，是热爱人生的，是赞美人生的。他认为世界上有如此众多的可爱的人物和性格，他为他们的不幸，流下了热泪，以至泪尽而逝。

是的，只有完全体验了人生的各种滋味，即经历了生离死别，悲欢离合，兴衰成败，贫富荣辱，才能了解全部人生。否则，只能说是知道人生的一半。曹雪芹是知道全部人生的，这就是《红》书上所谓"过来人"。

历史上"过来人"是那样多，可以说是恒河沙数，为什么历史上的伟大作品，却寥若晨星，很不相称呢？

这是因为"过来人"经过一番浩劫之后，容易产生消极思想，心有余悸，不敢正视现实。或逃于庄，或遁于禅，自南北朝以后，尤其如此。而曹雪芹虽亦有些这方面的影子，总的说来，振奋多了，所以极为可贵。

因此，《红楼梦》绝不是出世的书，也不是劝诫的书，也不是暴露的书，也不是作者的自传。它是经历了人生全过程之后，在丰富的生活基础上，产生了现实主义，而严肃的现实主义，产生了完全创新的艺术。

我们可以用陈旧的话说:《红楼梦》是为人生的艺术，它的主题思想，是热望解放人生，解放个性。

一九七九年二月四日重写

读《求阙斋弟子记》

一

求阙斋，系曾国藩斋名，撰者王定安曾供职他的幕中，小有文名，过去提到的《湘军记》，也是他的著作。文师桐城，对自己的史才，也颇自负，实际上并不高明，但史法还是可以看出一些来的。这部书，实际上是曾国藩的传记资料。

据扉页，此书光绪二年，刊于都门，版存琉璃厂东门桶子胡同龙文斋。李鸿章题署。

书价十六元，购自何地，已不能记忆。白粉连纸印，刻工不精，笔画时有错乱，京版之通病。有七千卷书楼孙氏记印章，朱、黄二色断句，通读到底，可谓用功之士矣。

全书共十六册，三十二卷。分《恩遇》，《忠谠》，《平寇》，《剿捻》，《抚降》（李世忠），《驭练》（苗沛霖），《绥柔》（包括天津教案），《志操》，《文学》，《军谟》，《家训》，《吏治》，《哀荣》等节。

此书购于读太平天国史料，兴趣正浓之时，然书到较迟，不久即逢浩劫，未及细读。今又检出，心情已非往日。太平天国史料，多已束之高阁，兴趣已成过去。写来写去，读来读去，所谓天国之梦，不过惊醒于"自相残杀"四字而已。非曾氏兄弟之功业也。

当金田骚动之时，天主耶稣，本非中国之物，塾师炭夫，亦非群众景仰之人，何以登高一呼，万夫云从？此因人民深陷水火，求生之念甚切，亟思有人拯救，并不顾及前途吉凶，到底如何。遂于短期之内急转直下，掩有半部江山。曾、左之徒，初以封建道统，号召地主子弟反抗异端，而旷日持久，未见成效。终以天国内讧，乃告功成。此非曾、左封建道统之胜利，乃洪杨本身封建道统之胜利也。历史如此嘲弄人民可不知畏乎？

今读此书，《平寇》一节，略而不读，从《剿捻》开始。

由弟子记其先师言行，成为著述，古代多有。《论语》就是一部弟子记。但像《求阙斋弟子记》这样卷帙浩瀚的书，还是少见的。这是因为曾国藩去世不久，威名未消，他手下文武，仍在掌权。把老师的文功武略，弄得冠冕一些，大家的脸面，都会增添光彩。

曾国藩对付太平军，是用深沟高垒，长期围困的办法。对付捻军的办法，则经过几次改变。最初，鉴于僧格林沁的惨败，他向皇帝疏奏：他本人不能骑马，不能像僧亲王那样，身不离鞍，昼夜穷追。他主张用重镇堵截的办法，并说这是他的所长。然而他的措施并不见效，引起朝廷的不满，有的御史还上折子，请求对他"略加贬抑"，朝廷虽然没有采纳，但对他的态度，已经远不像"发逆"未平时那样倚重了。

后来，他又采用追、堵并重的办法，收效也不大。捻军之败，还是败在潘鼎新属下的洋枪队上，正像帝国主义参与其间，遂使太平天国失利一样。

捻军的马队，实在厉害。王定安描述道：

然旋灭旋起，且益狡悍。每侦官军至，避走若不及，或穷追数昼夜，乃反旗猛战，以劲骑分两翼，抄我军马。呐人谨慓，疾如风雨，官军往往陷围不得出。贼尤善用长锚，巨者逾二丈。我军以枪炮轰击，贼马闻枪声，腾扑愈猛，瞬息已逼阵，枪不得再施。又喜以一步挟一骑，为团阵滚进，官军以此益畏之。

曾国藩屡次承认，官军的马队，远不及捻军。不过他提出的清圩政策，确实给捻军造成了很大的困难。王定安写道：

自捻逆扰乱以来，据蒙、亳村堡为老巢，居则为民，出则为捻，若商贾之远行，时出时归。其回窜也，皆有莠民勾引。

清圩以后的情形，则是：

厥后任、赖由泗、宿入怀远，牛烙洪由永城

入亳州，皆欲回巢，纠党装旗。各圩寨闭门与贼绝，贼徘徊怀远，几及一月，卒不得逞。从此贼遂四出不归，以讫于灭。

但是，曾国藩的"剿办流寇，原不可以无定之贼踪，改一定之成局"的老成持重的主张，因师老无功，朝廷不再耐烦，就叫李鸿章把他换掉了。

同治七年正月，西捻首领张总愚，从陕西转战到京畿以南，雄县一带。京师戒严，清廷大恐，几乎把全国得力的将领都调来会剿。左宗棠到了定州，他向皇帝疏陈的方略中，也有一段对捻军的描述：

> 臣维捻匪惯技，在飘忽驰骋，避实乘虚。始犹马步夹杂，近则掠马最多，即步贼亦均乘马。临阵则步贼下马，挺矛攒刺，而骑贼分剿官军之后。其乘官军也，每在出队收队，行路未及成列之时。遇官军坚不可撼，则望风远引，瞬息数十里，俟官军追及，则又盘折回旋以疲我。其欲东也，必先西趋；其欲北也，必先南下。多方以误我……

从以上所引,可略见当时捻军之声势,军容,战术,以及进止聚散的情形。此次,捻军曾打到我的家乡安平、深泽、深县、饶阳一带,给当地人民留下了深刻印象。我幼年还听到母亲讲"小阎王造反"的故事,当时不知小阎王是谁,现在才知道是张总愚的绰号。

那么多马队,驰骋在大平原,可谓壮观。闭目凝思,宛如再现。故乡近代,凡经战争逃难生活三次:一即小阎王造反;二义和团抗击洋人;三抗日。前二次,母亲一辈经历之。

一九八七年八月二十六日记

二

王定安撰写的《求阙斋弟子记》中的《家训》部分,实际就是我们常见的《曾文正公家书》,不过免去了上下款及年月日。分为《寄诸弟》《寄弟国潢》《寄弟国华》《寄弟国荃》《寄弟贞干》《谕二子》《谕子纪泽》《谕子纪鸿》。所收亦略少,只有薄薄一册。

中国自古以来，有很多家书、家训行世。然多流传不广，有些只存在自家的祠堂中。曾国藩的家书，却不得了，流传了几十年，差不多读书人家，都会有一部。因为他是近代"闻人"，官职又高，他的思想，为封建统治者所推崇，儒学子弟所信仰。五四以后，才逐渐冷落下来。但在一部分家长心中，还认为是教育子弟的必读之书。

我上中学的时候，父亲寄给我一部《曾文正公家书》，是大达图书公司的排印本（即当时所谓一折八扣书）。父亲还附了一封信，大意是：他幼年家贫，读书不多，今以此书授我，愿我认真阅读。信写得很带感情。我年幼不懂事，那时正在阅读革命书籍，对曾国藩等人很反感，且甚瞧不起大达印的书。随即给父亲回了一封信说：以后不要再买这种书，这种书在保定街头，到处都有，没有人买……我想父亲接到信，一定会很不高兴，但也没有来信责备我，以后也没有再给我寄过书。我带回家中的书，父亲从来也不看，也不问，只说我是个书呆子。中年以后，我才认真读了这部书。

因此我想到：所谓家书家训之所以流传，不一定是因为它的内容，多半是由于写信人的权势和声望。他的说教，即使当时，受信人也不一定听信。例如曾国藩的家书，前后言论，并不完全一致。对于一个人，例如对曾国荃，在曾国荃未显达与已显达之后，所谈所论，就有很多不一样。有很多顺时应势，矛盾依违，甚至吹嘘拍马之辞。这还说得上是兄弟间的真诚感情吗？

再说，家庭已经是朱门侯府，子弟已经是纨绔少爷，还教他"书、黍、鱼、猪"，会有效果吗？

对于广大读者，则有环境和时代不同，心意能否相通的问题。

我幼年时，在中学课本上，读曾国藩的家书，就觉得不如读郑板桥的家书亲切。因为郑虽是县令，他弟弟究竟是农民，和我的生活距离小，所谈事物，容易理解。曾国藩是太子太保，是爵相，即使他谈的也是普通道理，总觉得和我们平民的心思，不能相通。因此也就不能完全相信，总觉得其中有什么虚伪的地方，言行不一致的地方。

这当然不是一笔抹杀曾国藩的家书。他的家书，自有它多方面的价值，现在还有很多人在研究。另外，他的家书和他同时代的要人们的家书相比,在指导读书,谈论诗文,讨论书法,研究刻书等方面,见解虽不见得高明,读后还是使人有些收获的。比起左宗棠的家书,就显得有学问多了。左氏的家书,我有仿宋排印本两册。其中多谈家务杂事,少谈文史。

至于时代不同,思想变化,那就更难说了。我认为,现在不会有家长,再叫孩子们去读曾氏家训。八十年代的中国青年,将不知他的"进德、修业"为何物。

我的结论是:凡是家书、家训,只能对当家长的人,有影响,有用处。对于青年人,总是格格不入的。

但是,什么话也不能说得太绝对。听说,曾氏的后人,情况还是不错的。这也可能是他们先世的遗泽,包括家书、家训,起了一定的作用。

耕堂曰:咸同之世,湘乡曾氏,号称伟人。对内尽忠于异族,对外屈膝于列强。接连讨伐起义之民众,极尽残酷。杀人日多,声势益隆。曾氏自言其初衷:为解君父之忧,不畏后世之讥。后虽亦自省:内疚神明,外惭清议,盖饰词耳。早已盖棺论定,实已无案可翻。

然政治风云，究非个人私事，时代如彼，对曾氏亦应论世知人。

当其显赫之时，正如长江上往来船只，无一艘不插曾氏旗号，他的一言一行，亦无不为人师法。其所著述，人手一编，众口一词，不敢异议。然仅至民国初年，新的学说兴起，革命者已视彼为粪土矣。因知伟人之言论，其价值，随时代之变化，或因其权势之消长，必有所升降。其升也迅，其降也速；其势也隆，其消也无声。万世不移，放之四海而皆准，乃夸张之说法。伟人之论如此，名人之论亦如此。在历史长河中，一种言论，一种学说的沉浮现象，是常见的。它是与时代要求，社会现象相关联的。但一种学说沉落之后，有机会再为浮起，无论如何，不会再有当年的声势和影响。对曾国藩的家书、家训，也要这样去看。

一九八七年九月二日写讫

三

"天津教案"列在本书的《绥柔》中一章。著者王

定安记其梗概云：

> 同治九年五月二十五日，上谕曾国藩，著前赴天津，查办事件。初天津有奸民张拴、郭拐以妖术迷拐人口，知府张光藻、知县刘杰捕诛之。而桃花口民团，复获妖人武兰珍。兰珍迷拐幼孩李所，鞫讯得实。讪言受迷药于教民王三。间阎大哗，疑西洋天主教堂所嗾，或言洋人抉幼孩目，剖其心为药料，城外义冢内尸骸暴露，皆教堂所弃。津民益怒，时相聚语谋报复。三口通商大臣崇厚檄天津道周家勋等，会法国领事官丰大业，至天主堂公讯。兰珍语言殊支离，案弗能决。适士民观者麇集，偶与教堂人有违言，抛砖石相击。丰大业负气，径至崇厚公署，诉其状。崇厚出见，以枪狙击不中。崇厚抚慰之，且戒勿轻出激民愤，弗从。恚愤出署，路遇杰，复以枪击之，误伤其仆。居民见者皆哗噪，殴丰大业毙焉。遂焚毁教堂洋房数处，教民及洋商死者数十人……

著者对这次事件的叙述，还是比较真实客观的，也很简练，头绪也清楚。在叙述中，又以夹注的形式，引用了当时天津知府张光藻写给曾国藩幕宾吴汝纶的信，详细地叙述了事件的经过，并在文字中透露了知府本人的看法。这是官场的一种手法，所谓先通关节，以便使即将来查办此案的曾国藩先入为主，听信他的报告。

但现任直隶总督的曾国藩，已经是久经仕宦的老奸巨猾，他所注意的不只是下情，更注意的是上情——即朝廷的意图。而朝廷的意图，又是常常变化的，对涉外的事件，尤其如此。掌握不好，不只于事无补，甚至会弄得身败名裂。所以，这次皇帝（实际是慈禧太后）叫他查办此案，对曾国藩来说，实在是一个大难关，关系他一生荣辱利害的大考验，大关键。

我有一部石印的《曾文正公手书日记》，不妨再利用一下。在日记第三十六册，五月十五日，他上了续病假的折子。但朝廷催得紧，他在二十六日记道："廷寄派余赴天津查办事件。因病未痊愈，踌躇不决。"二十七日记道："思往天津查办殴毙洋官之案，熟筹不得良策，至幕与吴执甫一商。"三十日记道："天津洋务，十分棘手，不胜焦灼。"六月初二日记道："余日内因法国之事，焦虑无已。"初三日记道："将赴天津，恐有不测，拟写数条，以示二子。"六月初六日记道："是日启行赴天津。"二十二日记道："因奏请将府县交刑部治罪，忍心害理，愧恨之至。"二十四日记道："崇帅来谈，夜接廷寄二件，罗使照会一件，阅之郁闷之至，绕室行走而已。"二十五日记道："是日竟日昏睡，盖心绪烦闷，而病又作也。"七月十六日记道："非刑拷讯习教人，坚嘱拿混星子及水火会。"八月十九日记道："是日天津陈镇及委员二人，在余寓审案，敲捞之声，竟日不绝。"

在知府写给吴汝纶的信中，是痛爱自己的"子民"，反对崇厚的袒护教民和向洋人屈服的。但崇厚是旗人，又是当时执政的恭亲王手下的，洋务得力人士，曾国藩不得不分清轻重，分清去向。与崇厚这个有强硬后台的人，站在一边，当然是上策。他迁就法国公使罗淑亚的要求，奏请将府县交刑部治罪（罗淑亚的要求，是将天津府县抵命）。这样做不能不引起朝野的议论。朝廷固然害怕外国人，但一时也不好大伤人民爱国御侮之气，一直在观望，没有决心。曾国藩对朝廷最终还是要屈服于外人这一点，尤其明白。他洞悉清政府的实力空虚，外强中干，反复无常的习性。他下定决心：不惹恼外国人。他警告朝廷：自道光以来，对外常常是"先战后和"的，也就是先硬后软的。又说：现在外国还是强盛的。外国人是只重实力，不讲道理的。他先辩挖眼剖心之说，纯属谣言，然后捉拿凶犯，迅速结案。

王定安记述，当曾国藩初到天津，曾张榜通衢，"仰读书知理君子，悉心筹议。于是至公署条陈者，或欲借津民义愤，驱逐洋人；或欲联俄、英之交，以攻法国；或欲调集兵勇，以为应敌之师。公既谕津民不许擅起兵端，其致崇厚书，有祸则同当，谤则同分之语。报友人则云：宁可得罪于清议，不敢贻忧于君父。"

这就是说，他不听或没心思听，群众那些很正确很有见地的建议，而是一心一意保定清王朝，也就是保定他自己的官帽。

此案，"正法之犯二十人，军徒各犯二十五人"。其中有冯瘌子、罗生瓜旦子、小锥王五等名号。多系拷打成招，即所谓"但取情节较真，不能拘守成例"，变通办理，而定案的。其结果，曾国藩自己承认："民气既已大伤，和局仍多不协，不能不鳃鳃过虑也。"

人民反抗的骚乱，表面被压制下去了。但人民的愤怒之火，不会因压制而熄灭。压制越重，复燃之势也越凶。它种下了义和团兴起之火。

耕堂曰：平心而论，外交固以国势强弱为准。然清王朝何以衰败至此，还不是因为连年剿杀过多，使国家精英，陷于无类。曾、左、胡、李，实参与执行，尚望此等人，珍视民气、民心？此次所开外交模式，不只为以后李鸿章、袁世凯所重蹈，民国以后之外交亦因循之。呜呼，实国家民族深重灾难之源也。曾国藩复郭筠仙中丞书："然古来和戎，持圆之说者，例为当世所讥，尤为史官所贬，智者有戒心焉。"其内心矛盾，自亦可见。然利令智昏，遂使有些中国人，在外国人面前，低三下四，恬不知耻矣。

一九八七年九月八日写讫

与友人论学习古文

承问我学习古代文字的经验,实在惭愧,我在这方面的根底很薄,不能冒充高深。

我上小学的时候,是一九一九年,已经是国民小学。在农村,小学校的设备很简陋,不过是借一家闲院,两间泥房做教室,复式教学,一个先生教四班学生。虽然这样,学校的门口,还是左右挂了两面虎头牌:"学校重地"及"闲人免进"。

你看未进校门之先,我们接触的,已经是这样带有浓厚封建国粹色彩的文字了。但进校后所学的,还是新学制的课本,并不是过去的五经四书了。

所以，我在小学四年，并没有读过什么古文。不过，在农村所接触的文字，例如政府告示、春节门联、婚丧应酬文字，还都是文言，很少白话。

我读的第一篇"古文"，是我家的私乘。我的父亲，在经营了多年商业以后，立志要为我的祖父立碑。他求人——一位前清进士撰写了一篇碑文，并把这篇碑文交给小学的先生，要他教我读，以备在立碑的仪式上，叫我在碑前朗诵。父亲把这件事，看得很重，不只有光宗耀祖的虔诚，还有教子成材的希望。

我记得先生每天在课后教我念，完全是生吞活剥，我也背得很熟，在我们家庭的那次大典上，据反映我读得还不错。那时我只有十岁，这篇碑文的内容，已经完全不记得，经过几十年战争动乱，那碑也不知道到哪里去了。但是，那些之乎者也，那些抑扬顿挫，那些起承转合，那些空洞的颂扬之词，好像给我留下了深刻的印象。

然后我进了高等小学。在这二年中，我读的完全是新书和新的文学作品，父亲请了一位老秀才，教我古文，没有给我留下任何印象。因为我看到他走在街头的那种潦倒状态，以为古文是和这种人物紧密相连的，实在鼓不起学习的兴趣。这位老先生教给我的是一部《古文释义》。

在育德中学，初中的国文讲义中，有一些古文，如《孟子》《庄子》《墨子》的节录，没有引起我多少兴趣。但对一些词，如《南唐二主词》、李清照《漱玉词》、《苏辛词》，发生了兴趣，一样买了一本，都是商务印书馆印的学生国学丛书的选注本。

为什么首先爱好起词来？是因为在读小说的时候，接触到了一些诗词歌赋。例如《红楼梦》里的葬花词、芙蓉诔，鲁智深唱的寄生草，以及什么祖师的偈语之类。青年时不知为什么对这种文字，这样倾倒，以为是人间天上，再好没有了，背诵抄录，爱不释手。

现在想来，青少年时代，确是一个神秘莫测的时代。那时的感情，确像一江春水，一树桃花，一朵早霞，一声云雀。它的感情是无私的，放射的，是无所不想拥抱，无所不想窥探的。它的胸怀，向一切事物都敞开着，但谁也不知道，是哪一件事物或哪一个人，首先闯进来，与它接触。

接着，我读了《西厢记》，苏曼殊的《断鸿零雁记》，沈复的《浮生六记》。一个时期，我很爱好那种凄冷缠绵，红袖罗衫的文字。

无论是桃花也好，早霞也好，它都要迎接四面八方袭来的风雨。个人的爱好，都要受时代的影响与推动。我初中毕业的那一年，九一八事变发生；第二年，一·二八事变发生。在这几年中，我们的民族危机，严重到了一触即发的程度。保定地处北方，首先经受时代风云的冲激。报纸杂志、书店陈列的书籍，都反映着这种风云。我在高中二年，读了很多政治经济学方面的书籍。我在一本一本练习簿上，用蝇头小楷，孜孜矻矻做读《费尔巴哈论》和其他哲学著作的笔记。也是生吞活剥，但渐渐觉得它们确能给我解决一些当前现实使我苦恼的问题。我也读当时关于社会史和关于文艺的论战文章。

这样很快就把我先前爱好的那些后主词、《西厢记》，冲扫得干干净净。

高中二年，在课堂上，我读了一本《韩非子》，我很喜好这部书。读了一部《八贤手札》，没有印象。高中二年的课堂作文，我都是作的文言文，因为那时的老师，是一位举人，他要求这样。

因为功课中，有修辞学，有名学（就是逻辑学），有文化史、伦理学史、哲学史，所以我还是断断续续接触了一些古文，严复、林纾翻译的书，我也读了一些。

高中毕业以后，我没有能进入大学，所以我的古文，并没有得到过大学文科的科班训练，只能说是中学的程度。

以上，算是我在学校期间，学习古文的总结。

抗战八年间，读古书的机会很少，但是，偶尔得到一本，我也不轻易放过，总是带在身上，看它几天。记得，我背过《孟子》《楚辞》。你说，已经借到一部大学用的古代汉语，选目很好，并有名家注释。这太好了。"文化大革命"后期，我没有书读，也是借了两本这样的书，每天晚上读，并抄录下来不少。

我们只能读些选本。鲁迅反对读选本，是就他那种学力，并按照研究的要求提出的。我们是处在学习阶段，只能读些有可靠注释的选本。我从来也不敢轻视像《古文观止》《唐诗三百首》这样的选本。像这样的选家，这样的选本，造福于后人的，实在太大了。进一步，我们也可以读《昭明文选》，这就比较深奥一些。不能因为鲁迅反对过读文选，我们就避而远之。

土地改革期间，我在小区工作，负责管理各村抄送来的图籍，其中有一部胡刻文选的石印本，我非常爱好，但是不敢拿，在书堆旁边，读了不少日子。

至于什么"全上古汉……文""全汉三国晋南北朝诗"，对我们来说，买不起又搬不动，用处不大。民国初年，上海有一家医学书局，主持人是丁福保，他编了一部《汉魏六朝名家集》，初集共四十家，白纸铅印线装，轻便而醒目，我买了一部，很实用。从中，我们可以看到，很多大作家，留给我们的文集，只是薄薄的一本，这是因为当时不能印刷广为流传，年代久远，以至如此。唐宋以后，作家保存文章的条件就好多了。对于保存自己的作品，传于身后，白居易是最用了脑筋的，他把自己的作品，抄写五部，分存于几大名山寺院之中，他的文集，得以完整无缺。

唐宋大作家文集，现在都容易得到，可以置备一些。这样，可以知道他一生写了哪些文章，有哪些文体，文集中又都附有关于他的评论和碑传，也可以增加对作家的理解。宋以后的文集，如你没有特殊兴趣，暂时可以不买。

读古文，可以和读历史相结合。《左传》《战国策》，文章写得很好,都有选本。《史记》《三国志》《汉书》《新五代史》,文章好,史、汉有选本。此外断代史,暂时不读也可以。可买一部《纲鉴易知录》,这算是明以前的历史纲要,是简化了的《资治通鉴》,文字很好。

另有一条道路,进入古文领域,就是历代笔记小说,石印的《笔记小说大观》,商务印的《清代笔记小说选》,部头都大些。买些零种看看也可以。至于像《世说新语》《唐语林》《摭言》《梦溪笔谈》《容斋随笔》等,则应列为必读的书。

如果从小说进入,就可读《太平广记》《唐宋传奇》《聊斋志异》和《阅微草堂笔记》。这些书,大概你都读过了。

至少要读一本文学史,谢无量的《中国大文学史》,鲁迅常引用。文论方面,可读一本《文心雕龙》。

学习古文,主要是靠读,不能像看白话小说,看一遍就算了。要读若干遍,有一些要背过。文读百遍,其义自明,好文章是越读越有味道的。最好有几种自己喜欢的选本,放在身边,经常拿起来朗读。

总之,学习古文的途径很多。以文为主,诗、词、歌、赋并进,收效会大些。

手边要有一本适宜读古文的字典，遇到一些生字，随时查看。直到现在，我手边用的还是一本过去商务印的《学生字典》，对我的读书写作，帮助很大。

学习古文，除去读，还要作，作可以帮助读。遇有机会，可作些文言小文，这也算不得复古，也算不得遗老遗少所为，对写白话文，也是有好处的。

一九八一年三月二十八日

孙犁《读书漫录》编后

在新文学史上，孙犁自幼年酷爱读书、嗜书如命，而且所读书的量和所获所益的质，都是很大的，这是有口皆碑，无出其右。

现在有关孙犁读书的书籍，出版的主要有两种，一是《书衣文录》，二是《耕堂读书记》。前者，他说是"日记断片"，但也涉及一些读书感想和对书的评价；但更主要的，以他所罗列的这些书目，与藏书家是不能相比的，与一般作家比，他的学问博大精深，其渊源之广，无与伦比。从新文学诞生伊始，有开创之功的老一辈作家之外，二十世纪三十年代末四十年代及其以后成长起来的作家,在读书方面可与孙犁比肩的,恐怕没有一位。

《耕堂读书记》所选编的,主要是传统的"经史子集"中的史子集三部分为多。其实,孙犁读书涉猎非常广泛。谓予不信,仅仅看看他的《我中学时代课外阅读的情况》一文,所列项目是十项,所涉及的书目,从社会科学到自然科学,古今中外的名著,包括极广,即使今天的文史研究生也未必都读过。

所以,今次编选孙犁读书漫录,就不拘囿古籍的阅读,而是收入了包括现当代文学作品和外国的作家作品的阅读文章。

孙犁一生读书,最多的和受其影响最大的首推鲁迅著作。因此,特选了《全面的进修——纪念鲁迅先生逝世十七周年》一文。其他诸篇,皆可见孙犁读书之精神、领悟之透彻、剖析之深邃,毋庸编者赘言。

刘宗武　时年八十有五
庚子春,新冠猖獗,于佳闻宅第

散文新编